ELENA PITA

Amor sin decir Amalia

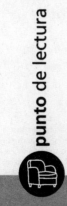

punto de lectura

Título: Amor sin decir Amalia
© 2002, Elena Pita
© De esta edición: octubre 2002, Suma de Letras, S.L.
Barquillo, 21. 28004 Madrid (España)   www.puntodelectura.com

ISBN: 84-663-0871-7
Depósito legal: M-34.061-2002
Impreso en España – Printed in Spain

Cubierta: MRH
Fotografía de Elena Pita: © Bie Peeters

Impreso por Mateu Cromo, S.A.

ELENA PITA

Amor sin decir Amalia

A tu memoria, Nano

Poderá haver algum martírio maís horrível
do que o meu?... Amar o impossível...
amar a morte!...

MÁRIO DE SÁ-CARNEIRO,
Diários

1

Solas

Era un dolor dulce, atenuado por el tiempo, finito, acabado ya el tiempo. Tampoco la noche contaba sus minutos. Amalia dormía, acostada en la cama abatible, instalada provisional en el hueco de la cómoda, arrinconada la cómoda en el pasillo, entre la habitación de los padres y la de Ana niña. Ana no quiso despertarla. Se palpó los ojos, le pesaban los párpados. Los notó levemente húmedos, hinchados también. Los abrió y no vio la oscuridad del cuarto, vio una mancha blanca, los ojos espesos, no veía sino la espesura blanca. Ojalá sea una señal, pensó Ana.

¿Quién anda ahí, eh? Quedó el grito ahogado, como el esfuerzo vano por salir de una pesadilla. Ana distinguió un bulto agazapado en un rincón de aquella blancura. Lo vio como una aparición; como otras veces pero a oscuras, bueno, en aquella oscuridad rara y blanquísima: ¡Simón, Simón!, ¿eres tú?, Simón he vuelto a guardar los juguetes en su sitio, ¿dónde has estado todo este tiempo? ¿Yo?, esperándote. ¿Y cómo quieres que lo sepa, si no vienes a avisarme? Tú no has vuelto a subir al túnel, Ana. Es que ya no camino, hermano, no me dan las piernas para subir al monte. Aquí donde yo estoy no hacen falta las piernas, ni las fuerzas. Simón le contó enseguida que venía de la casa

9

grande de Santa Amalia, que había oído voces en la azotea y se había acercado curioso a ver qué pasaba, y que allí descubrió una gran tertulia de ancianos discutiendo la ausencia de Amalita: Ya no se acuerda de nosotros —decían las voces. No se acuerda de nada —y se quitaban la palabra unos a otros. Descuida a los suyos. Menuda está hecha. Bueno, es por esa chica —reconoció Simón la voz anciana que habría de ser de la abuela Angélica, calmando el desconcierto: Ana, la chica de Baamonde, que desde niña la quiere con locura. Ya, así que no se mueve de la cabecera de su cama. Eso parece. Y otro: Así es, no sale de allí, día y noche allí.

Simón escuchó el nombre de su hermana y se metió en el revuelo de voces: ¿No ven que Ana la necesita a su lado?, ¿quién de ustedes la necesita más? ¿Y tú quién eres?, le preguntaron molestos. ¿Y por qué te entrometes de este modo? Soy Simón. ¿Eres el que marchó siendo muy niño? Sí, soy el niño Simón, el que les murió a los Baamonde. Así supo el hermano del estado último de Ana, oyó que su enfermedad había avanzado mucho desde la travesía juntos, y pensó que era tiempo de perdonarle su atrevimiento con los recuerdos.

Yo te vi en un claro de castaños, Simón, y te llamé pero no viniste. No puedo responderte, Ana, porque tú no me escuchas más que en estas vigilias. ¿Y qué ocurre ahora que sólo veo tu imagen y lo demás es blanco? Es que te acercas, que ya vienes. ¿Y entonces pasará el dolor?: no aguanto más. Sí, cuando te hayas ido del todo vendrá el olvido. Pues mira, quiero irme ya: voy contigo esta misma mañana, ¿qué hay que hacer para ir?, dime de una vez. Tú no puedes elegirlo, Ana.

Siguieron hablando, quedos, sus palabras no se oían, quién sabe cuánto tiempo hablaron, y la claridad del día iba haciendo aún más blanca la ceguera de Ana. Amalia no había echado las contras, ni el cortinón, ni aquella tela opaca sobre las ventanas, de modo que la luz cenital de agosto se filtraba por los visillos gastados, pálidos de sol. Amalia nunca cerraba el paso a la luz de la mañana, porque así el cuerpo andaba al antojo de los astros y no de malos sueños o peores digestiones o dios sabe qué inquietudes: Es bueno levantarse con la luz del día, eso decía siempre Amalia.

A ella también la despertó la luz, y la oyó murmurar. ¿Has dicho algo, Ana?, ¿quieres algo? Aún andaba lejos ella, atendiendo asombrada las cosas del hermano que le parecieron fábulas. Tardó un largo rato en volver, y Amalia aprovechó la calma para pensar, intentando inútilmente ponerse cómoda en aquella cama, desfondada en el colchón fino y estrecho; sintió los muelles en sus costillas y soñó despierta: sobre el amor imposible de quien ama la muerte misma.

Volvió a escucharla, rezongando. Ana, cariño, ¿estás bien? No tuvo respuesta. Amalia veía de soslayo el sube y baja del embozo de sus sábanas, y escuchaba un leve gemido que… A saber qué maldito proceso sufrirá —se dijo. Qué nueva mutación más sorprendente aún. Bueno, no parece un quejido de dolor —se consolaba: era inútil preocuparse si la química mandaba ya en todo aquel cuerpo. Y al instante siguiente volvía la zozobra: Y qué ha de pasarle ahora, mierda, mierda —guardando el silencio.

¡Mira tú, el camisón salmón, quién lo iba a decir! Las reflexiones de Amalia seguían su mirada atenta al lecho de Ana. Hay que ver cómo las cosas se nos meten en la vida, como ese camisón, que al principio no lo quiso, le parecía cursi, era un poco cursi, y luego lo aceptó como un regalo, tampoco vimos nada mejor. Fue en aquellos grandes almacenes horrendos de Azca, un derroche de diseño. Ana quiso conocerlos después de leer una historia sobre un pintor genial que había encontrado al amor de su vida en la puerta de Galerías Lafayette, en la boca de metro justo frente a los almacenes parisinos. El pintor nunca lo olvidaría, lugar tan prosaico. Y así lo contaba en una revista la hija que naciera de aquel flechazo, un amor que el pintor se llevó a la tumba. Eran historias románticas que despertaban la curiosidad de Ana, como meciéndola en un olvido dulce, más aún por aquellas fechas, un tiempo de miedo atroz: cualquier concentración, más de dos personas juntas, bastaba para aterrarla. Entonces a Amalia le pareció bien ir de compras a aquel lugar infernal, donde no encontrarían nada de su gusto, centro comercial de Azca, y a lo mejor hasta le daba un mareo de tanta gente y tantos olores cruzándose por planta. Lo pensó un instante, podría estar bien, compartir de nuevo la complicidad de la inconsciencia. Y de inmediato le vino el recuerdo: carreras rápidas por el pasillo del colegio, tanto tiempo hacía; carreras rápidas y ciegas, merecían la pena, escapando de la monja por los pasillos largos y altísimos, porque decían que les olía mal la monja, a sopa de sobre y a otras cosas que no se decían (culo), y les entraba una risa nerviosa y un miedo ciego y echaban a correr sabiendo el castigo, que era una hora extra en el estudio, o una mañana de sábado encerradas, cogiendo el autobús vacío a primera hora, una hora desangelada, de camino a la ciudad en un día sin clases.

Llevaban una semana juntas en Madrid. Amalia había ido a recogerla a Guadalajara y allí pasaron un largo fin de semana, hospedadas en un pequeño hotel de las afueras de la ciudad. Terminaban así diez meses de cura, internada en una granja, sometida al programa de rehabilitación de un psiquiatra lacaniano al frente de una hueste de ex toxicómanos redentores y terapeutas. La cura había discurrido en orden, apenas alterada, a decir del psiquiatra francés, Sansouci, se llamaba doctor Sansouci, alterada, dijo, por los períodos de mutismo que aquejaban a Ana con relativa frecuencia. Cuando le daban, no había quien descabalgara a la chica de su silencio; cuando no quería hablar, no hablaba, y así podía pasarse días, sin que hubiera fuerza humana capaz de descifrar qué extrañas cábalas cruzaban su pensamiento.

Amalia lo recordaba también desde el colegio, su amiga siempre tuvo la lengua vaga. Esta niña tiene mucha vida interior, decían las señoritas. Y Amalia nunca entendió si aquello era una observación de asombro o un comentario irónico sobre las rarezas de Ana. Aunque bien mirado, ella nunca creyó que aquellas mujeres, caballunas, mujeres todas iguales entre sí, fueran capaces de tal ironía.

Cuando Amalia llegó a aquel lugar de La Mancha, la encontró peor de lo que imaginaba. Debajo de la falsa euforia, aquella hermandad fingida en el dolor colectivo, arrastraba Ana un halo de tristeza palpable, tristeza densa. Tenía que insuflarle ánimos como fuera. Pasarían el fin de semana en aquel hotel acogedor del campo alcarreño, por prescripción facultativa, y el lunes emprenderían camino a Madrid. Amalia le había llevado algunas chucherías, alguna ropa último grito del tipo que a ella le gustaba: Es muy *trendy* —le dijo, porque se decía en Londres, cosas a la última, a ver si así. No fue fácil, ni vaqueros rojos, ni el chaleco de ante, también rojo, ni sandalias de charol, otra vez a la última. Nada, ni siquiera logró interesarla con las revistas que haría por lo menos un año que no veía y que tanto le gustaban. Decía ella misma, en un alarde de frivolidad, que eran su conexión con el mundo más allá del puerto adormecido de Caeiro, donde Ana se había quedado, atrapada en su propia historia, una historia simple y algo absurda.

Estaba como inflada, Amalia no diría gorda, pero su figura había perdido estilo. Los ojos muy abiertos, como platos, abesugados y sin vida, tal que un susto hubiera engullido sus párpados; las uñas descuidadas, en capas y astillas, amarillas de tanta medicina que le habrían metido, por muy alternativa que la medicina fuera; el pelo ralo y las puntas abiertas. Se fijó en sus tobillos, blancos como no recordaba habérselos visto ni en sus peores días, de una palidez turbia, y con algún que otro cardenal, las venas muy marcadas, oscuras en algún tramo, nudosas, y en la piel, pelos incipientes creciendo recios, de maquinilla, seguro: ¿Tendrá así toda la pierna? Era la imagen de una belleza marchita, una flor de jarrón con el agua color caramelo de podredumbre. Bueno, no olía mal, olía raro, a otra química. Poco conservaba de aquella especie de gracia que antes la envolviera, ni siquiera el pelo rubio. Ana siempre había presumido de sus rizos largos y amarillos, los llevaba como si tal cosa, pero presumía, y le quedó de aquella granja un tono apagado en el pelo, tirando a ceniza. Bien que ya antes su piel había ido agostando el tono canela que le diera la buena cuna, y sus ojos, el verde y la luz, y le habían salido pintas, indefinidas: ojos de trucha. Con todo, se diría que ahora la hubieran tintado de golpe, entera de un gris homogéneo, y sobre el gris, un color aceituno de campo manchego. Al llegar al hotel, se probó los pantalones: le flotaban. Y Amalia, ¡Joder, pues es una 38! Y aún así, quiso salir a la calle con ellos puestos, se había olvidado de presumir, y de marcar; bueno, tal vez no le quedaba qué marcar: desaparecidas también sus caderas, su culo respingón, sus muslos finos. Como un saco inflado. Y Amalia allí, frente a ella viéndole el trasero desdibujado en la luna del espejo. Y Ana: ¿Qué tal? Y ella: Monos. Tenía que hablarle con normalidad, se lo había dicho el doctor, por toda clave, a primera hora de la mañana antes de llevársela. *Normalité*, repetía el tipo: a Amalia empezaba a parecerle un tipo aquel médico. El tiempo en realidad no ha transcurrido, *nous n´avons rien fait que retourner au point zero*. Mezclaba el tipo su francés con frases en castellano, hablaba castellano muy culto, de estudios.

Empezaría a sacarla al exterior de forma gradual, así se decía en aquella especie de circular que también le entregó el doctor, y en paseos por grandes espacios abiertos. Amalia debía observar con detalle su vuelta a la dichosa normalidad. Pasaron quince días en parques y anchas avenidas, ni un cine ni un callejeo de barrio ni un café. Aquello no era Madrid, no para Amalia, a Ana tanto le daba. Por eso le sorprendió que quisiera ir a las galerías: Qué diablos sabrá ella de esas galerías ultramodernas. Hasta que le contó lo de la revista.

Ana andaba aparvada, maravillada también a veces, como si el mundo se le hubiera vuelto un teatro, y ella, la reina del absurdo. A Amalia hasta le entraba la risa de las caras que ponía mirando a la gente. Varias veces se le despistó, bloqueada entre riadas de turistas, al pie de un autobús, o quedó extasiada con atracciones callejeras, y observando a las parejas, sin quitar ojo, ah, las parejas de primavera, como tórtolas, que se besan y se muerden tan impúdicas, y ella: ¡Qué bueno!, sin quitar ojo, arrimándose como podía. Así que cuando veía un grupo numeroso, Amalia la cogía del ganchete, y cuando un espontáneo las acometía, se le ponía muy junta. Y un día: Allí está, ¿pero qué hace?, ¿por qué me mira? Le dio por decir que veía continuamente al chico del carrito, el encargado de limpieza en la granja/clínica. Nos sigue, Amalia, nos sigue. Sí, claro, le gustas, vino siguiéndonos desde Alcohete hasta Madrid; a ver, ¿dónde está? Estaba en aquella esquina hace un minuto. Y otro día, cruzando frente al Palacio de Cristal: ¿Pero qué miras?, si quieres algo dímelo, y si no deja de seguirnos. Y en el banco frente a ellas, un chico con su libro de bolsillo, las miraba, y miraba también a su alrededor intentando descubrir a quién se dirigían los gritos de Ana: Es el del carrito. ¡Ana, por Dios!, a lo mejor se le parece pero ese chico no te ha visto antes en su vida, ¿no te das cuenta? Se hace el loco. La loca pareces tú —Amalia se mordió la lengua. Le costó despegarla de allí, y no pudo evitar que le gritara aún más fuerte al pobre desconocido: Que te conozco, ¿crees que me olvido de tu cara?, si nos vuelves a seguir me vas a encontrar. Y el chaval, haciéndose cargo por las caras de lo siento que ponía Amalia, acabó por levantarse del banco, la cabeza escondida en las solapas de su chaqueta. Iría pensando que locos hay muchos y más en una ciudad grande y de soledad.

Ana, ¿qué se te ha perdido en esas galerías, que son horrendas? Quiero mirar ropa interior. Bueno, pues qué ocurrencia; y ¿quién te ha hablado de ellas? Lo leí en una revista. Ah. Todo lo leía en revistas o donde pudiera. A Amalia se le cruzaron miles de argumentos, rapidísimos. En menos de una semana, Ana había logrado alterarla, ella sí que andaba alterada y confusa. La primera solución que le sugirió el enigma de la lencería fue, claro, Jesús: ¿estaría, ingenua, esperando su visita? Si no, ¿a qué venía esa urgencia si nadie más que ella la iba a ver?, y ellas, tan acostumbradas como estaban a sus interioridades mutuas. Porque era verdad que en la granja, a base de lavadoras industriales y secadoras de aire, se le habían quedado las bragas y los sostenes hechos una pena, descoloridos o pardos, pelo de topo, y sin gomas, que se le caían, y aquello debía de ser incómodo. Amalia se había fijado enseguida, la primera noche que durmieron juntas en el hotel. Y también era verdad que Ana, siempre muy mirada, se cuidaba hasta en los detalles más íntimos, como dicen en los anuncios. De cualquier manera, la amenaza de Jesús apareció aunque sólo fuera mentalmente, la cabeza de Amalia empezaba a ser un laberinto de dobles sentidos.

Jesús era la bestia negra del tratamiento postclínico, decían. Su historia con él era su historia con la heroína, como dos espejos enfrentados y reflejándose en progresión infinita. Se querían o eso era lo que entendían ellos y basta. Era un cuento que venía desde la adolescencia tardía, que se les incrustó en el corazón y el deseo como esas raíces tiernas se dejan atrapar en las maderas y los años de árboles antiguos. Y la última vez que se habían visto había sido el último día de Ana en la calle, la última dosis, el último trago, el último sexo, el último, uf.

En la granja se ocuparon de cortar su comunicación, sobre todo por si él tenía la astucia y la debilidad de localizarla, que a los supervivientes les funciona muy bien la astucia, y parecen dormidos y reaccionan como nadie; y por debilidad, bastaba con ver a aquellos dos juntos. El gabinete del psiquiatra francés había establecido un período preventivo de un año como mínimo antes de permitir el reencuentro con la bestia. Todo el mundo acordó que era lógico, un tiempo muy razonable. Incluso todo el mundo confiaba en que no volvieran a encontrarse, a ver si no iba a haber más hombres para Ana en la Tierra, más que el tal Jesús. Todo el mundo menos ella, a ella nadie le había preguntado, y tampoco nadie contaba con esas cosas que al tiempo se le resisten. Era probable que las curas le hubieran arrancado más memoria que la del síndrome, memorias como aquella del orgasmo que produce la heroína inyectada en vena; pero igualmente dudoso era que diez meses de terapia le estirparan todas aquellas raíces ramificadas por su sentimiento. Tampoco nadie contaba las lunas que ella llevaba olvidada del sexo, diez lunas a la fuerza, y lo echaría de menos, que pensaría en ello seguro.

Amalia resolvió rápido, tan rápido como pudo y aún cargada de dudas. Lo que pensó más rápido fue que ir a aquellas galerías sería una buena prueba, y una locura recomendable en momento de tal trascendencia. Que si ante la multitud le daba el soponcio, que bien podía ser, según la había visto actuar, cogerían el coche de vuelta y listo. Además, y a fin de cuentas, apenas quedaban dos días para la llamada del doctor pidiendo el parte definitivo. Muy sencillo: Y ¿qué harán con Ana si digo que no está bien?, ¿volver a internarla, a cocer jalea y destilar lavanda? Ni hablar. Se encerró en el cuarto de baño, abrió de golpe el grifo de la ducha, y antes de meterse bajo el chorro: Ana, que vamos.

Y si Amalia confesaba al psiquiatra aquel sus temores, la realidad, si le contaba los episodios del hombre del carrito, que fueron muchos. O si acaso le decía que la veía más insegura que nunca, cobarde, muerta de miedo, que por las noches se pegaba a su cuerpo, que no había quien le hiciera dormir sola en su cama. Que no había sido capaz de bajar con ella al metro, que lo intentó para probarla y no hubo manera. O que la vio correr porque un tipo le preguntó la hora. Que lloró porque una cajera le devolvió mal sin darse cuenta, y a ver por qué aquellas cajeras estaban siempre embarazadas, decía después entre sollozos: ¡Oficio de parturientas!, y gritaba la frase de su ingenio. O que se fue chillando de una pastelería porque le dieron un buñuelo relleno de crema y ella lo quería de chocolate blanco pero lo había confundido en la vitrina. Y si ocultaba, como restándole importancia, todo aquel desquicie: ¿tendría que reprocharle la culpa a su silencio, si de nuevo la encontrara babeando, con el gesto enajenado de la química, anestesiada de sopor? Le haría frente, es decir, no diría nada, o que la encontraba estupenda, nada más. Y Ana en la puerta del baño: ¡No te oigo! —la oreja pegada a la puerta. ¿Qué dices? Que vamos a Azca. Se ducharon y fueron.

Quedaron diez minutos frente a las galerías. Ana sin ademán ni intención alguna de entrar, mirando a la gente embobada y simulando no mirar. Y miraba: a ver si pasaba algún *garçon* capaz de un *amour fou* a primera vista, porque lo había leído en el *Paris Match* sobre Picasso y Lafayette. Y Amalia inquieta, haciendo acopio de paciencia: nunca iba a entender por qué Ana se mostraba tan vulnerable. Pero ¿qué haces ahí de pasmarote?, no me digas que ya estás a ver si ligas a alguno, aquí, sin ir más lejos, en la boca del metro. Así le pasó al pintor, aquella historia que te conté. Y a lo mejor crees que esas cosas que suceden un día van y se repiten, si te pones a tiro, claro, en París como en Madrid, claro. Estás como esos mojigatos con block de notas que se sientan en el café del Flore por si les viene la náusea y se inspiran: qué boba eres a veces.

Pero Ana lo había leído, y tendía a creerse a pies juntillas lo que leía. Así llevaba la cabeza. No aguantó la retahíla: Mira, tía, te gusta demasiado hacer de madre, pero no tienes ni idea de lo insoportable que resultas, como una monja. Y siguió: Estoy harta de tenerte el maldito día encima, ¿por qué no te buscas un rollo?, anda, y te relajas, y dejas de seguirme; entérate: no quiero que me cuides.

Vaya, al menos reaccionaban, Ana y ella, las dos, de vuelta a la normalidad. Y le hablaba con fuerza, Ana, por vez primera desde el encuentro en el vestíbulo de la granja, y le decía algo más allá de sí, vale, o no me apetece, y construía un discurso, algo más que el número histérico. El enfado era la vuelta a la normalidad, un enfado de lo más normal, hasta tenía razón Ana. Era el tipo de cosas que Amalia estaba acostumbrada a oírle, tan normal, o que a veces ni oía, o que le hacían reír, como ahora, que además le reconfortaba. Cuántas veces había escuchado a su padre, antes a su abuela, renegar del cariño que los mantenía con los pies en tierra firme: Déjame en paz, olvídame. La abuela al abuelo, Ana a ella.

Su abuela Angélica, un personaje, se había pasado sesenta años echándole en cara al abuelo el porvenir que ella dejara en Cuba, ¡Todo por este pendejo!, decía a gritos, y su voz se hacía eco en los largos corredores de Santa Amalia: Pendejo, ejo, ejo… Su madre, doña Amalia Barreiro, la había llevado a La Habana cuando ella tenía sólo catorce años, porque el padre, don Feliciano Serantes, instalado en la isla con un negocio de hostelería, decidió ese año que su familia se le reuniera, porque el negocio iba boyante, y porque ya estaba bien de airear las ansias nocturnas por cabarés habaneros.

Ningún son, ninguna rumba ni guaracha logró hacerle olvidar a Angélica al aprendiz de pasante que dejara en el puerto de La Coruña, despidiéndola a pie de rampa, chupando entre lágrimas el reguerito de sangre que salía de su muñeca derecha: Un pacto para la eternidad, se habían prometido. Y así fue. Cuando Angélica cumplió la mayoría de edad, toda una mocetona con pretendientes para escoger, si había de creerse lo que ella misma contaría más tarde, juntó sus ahorros y lo que pudo arramblar en los bolsillos del padre y compró un billete en un barco de pasaje, de regreso a su memoria adolescente y su tierra añorada. El dinero no le dio más que para viajar en bodegas. No dejó de llorar los tres meses que pasó a bordo, acechada por la tripulación a babor y a estribor, escuchando historias de polizones descubiertos en la noche oscura y arrojados al agua de nadie. Y el mismo día en que llegó a su destino, la abuela y su pasante cumplieron la promesa tantas veces escrita en aquellas cartas, sucias ya, sobadas y hasta rotas de tanto aferrarse a ellas en sus noches de insomnio ultramarino.

Se casaron en la parroquia de Carantoña, de donde él era. Sin ceremonia porque no había duros y con dos únicos testigos, compañeros del hombre en la correduría: tampoco la familia de Matías Lugrís se avino a consentir una boda que parecía clandestina, ni por toda la clase y el mundo que tuviera aquella señorita De Serantes. Así que lo hicieron por libre, abusando del oficio de aquel párroco que en dos minutos leyó la fórmula y ya fueron marido y mujer. A partir de ahí la abuela Angélica empezó a buscarse el sustento, sirviendo y haciendo lo que fuera menester, porque del sueldo que él ganaba a duras penas vivían, y menos como ella venía, acostumbrada a aquellos dispendios y caprichos de allende el mar. Y poco a poco, y porque los aires de allá que traía causaba furor entre la burguesía gallega, se montó un buen negocio de comidas, como bien había aprendido en su familia: El modelo cubano, primero restaurante, luego hospedería y al final, cadena de hoteles en tres ciudades con puerto.

Así el abuelo Matías pasó de su pupitre en el negocio ajeno a un sillón propio, sin mesa siquiera, supervisando cómodo las cuentas que otros hacían, haciendo a la abuela feliz. Al menos eso había pensado Amalia desde niña, y volvió a pensarlo el día que enterraron a la abuela Angélica en el cementerio católico de Caeiro: Ay abuela, ni un mes sobreviviste al pendejo, qué sería lo que él te haría, y qué tendría el pendejo que tanto reproche mereció.

Luego el padre de Amalia había repetido con su madre la historia de inculpaciones, delatando también lo mucho que la quería. Y así, hasta que su debilidad de hombre no aguantó más, dejando a la buena mujer abandonada a su mundo, que poco tenía que ver con lo común. Amalia aprendió el cuento: quien bien te quiere te cargará de culpa, por quererte. Con todo esto, tanta cavilación prematura, que a la chica le salió el carácter un poco adusto, seco y retraído, de ordeno y mando. Y las relaciones de pareja las entendió como una enfermedad, que a veces sería inevitable: ella de momento se sentía vacunada. Al parecer la vacuna también le había afectado a la ansiedad, dejándola en un estado indolente y asexuado, que a su vez fue asunto recurrente y cíclico allá en los mentideros de Caeiro: muchas comadres, un cura y dos ferreteros: *¿E a nena de Serantes, sei que ainda non ten mozo? E non. E mais nunca o tuvera. Din que e rariña. Ay. Eso din. Ay.*

Estuvieron algo más de media hora dando vueltas por la planta de jóvenes de las galerías, que eran espantosas, hasta la misma Amalia empezó a sentir angustia, de tanto fijar la atención, estantes y más estantes, sin ver nada que estimulara: Qué cosa de tontos, rosmaba el pasillo adelante. Cuando salieron, agobiadas, Amalia iba aferrada a la bolsa de la compra, a modo de trofeo, un absurdo, de plástico encima; y encima el trofeo era para Ana. La ropa interior no les había convencido nada,

23

demasiado fantasiosa y acrílica, con encajes que parecían brocados. Pese a todo, Ana se dejó regalar aquel camisón de verano, color salmón apastelado, porque no tenía más que un par de pijamas raídos: de alguna manera habían de justificar el viaje al centro mismo del huracán, en plena ebullición de las campañas primaverales, dígaselo con flores, el color de la alegría, viva la vida, todo así.

Al día siguiente por la mañana, el portero subió una carta certificada: era de la granja. Amalia notó que a Ana le daba un vuelco al corazón al ver de nuevo aquel emblema de flores lilas, impreso en cuatricomía bien visible sobre el papel reciclado. Pensó Amalia lo rápido que uno cree olvidar y lo imposible que es el olvido. Anita enmudeció, su cara quedó sin expresión, ¿o fue ella misma quien volvió a verla apagada y cetrina? Quién sabría decir la de olores rancios y sabores químicos que estarían mezclándose en la memoria de Ana. Amalia se dio media vuelta y se cerró en el baño con la nota.

El doctor se había tomado la molestia de certificar la carta, dirigida a Amalia. Era la respuesta oficial a su informe oral, pobre y taimado relato de aquella situación absurda. Estimada Amalia Corvalán —leyó. Después de atender su impresión sobre el estado anímico de Ana Baamonde y contrastar su informe con nuestras expectativas, concluimos que la terapia ha resultado finalmente efectiva. Confiamos en que no haya necesidad, pero nuestras puertas estarán siempre abiertas si surgen complicaciones futuras. Agradecido por su colaboración, un saludo: Ferdinand Sansouci.

¡Finalmente efectiva…!, repitió Amalia para sus adentros, aplicando su furia sobre el cepillo de dientes: perdió el apetito del desayuno. El psiquiatra se deshacía del caso con tal sencillez, que encendió en Amalia la rabia y la desconfianza. Su conducta era generalmente así, desconfiada siempre y a veces rabiosa, sobre todo con semejantes sumas de dinero por medio. Era entonces cuando más se acordaba de su abuela Angélica, que antes de pagar un recibo ejercitaba la cabalística, sin descanso hasta estar bien segura de lo que hacía: cosas que le enseñara su vida de emigrada y fajadora empedernida. Nada se da por nada, era su máxima. Y repetía como una cantinela aquello de: Tres pueblos hay en el mundo condenados a amar el trabajo: gallego, judío y chino.

Que, ¿cómo la encontró?, ¿qué dijo?, ¿qué dijo?, ¿os deja venir?, ¿y cuándo podemos ir a verla? La madre de Ana no respiraba entre pregunta y pregunta, la pobre mujer. Por detrás se escuchaba la voz del padre, como un apuntador, urgiendo respuestas precisas: Que te diga qué día la dejan volver, y si puede ir a visitarlas alguien de la familia ahí en Madrid.

Amalia imaginaba la escena en Caeiro, la madre dando gritos por aquel aparato colgado de la pared en medio y medio del pasillo, siempre en penumbra el pasillo, iluminado apenas por la luz del candil colándose desde la calle. En el umbral de la casa, a la Tiatona ya le habría dado tiempo de llegar para oír y luego radiar, aunque poca falta hacía llegar hasta la casa, porque la gente en la distancia teme el vacío y grita, y entonces, es de suponer, con un lugar allá tan lejos, París, de Francia... Dijeron París y no Guadalajara, una cura de salud y no una desintoxicación, porque a la gente del pueblo aquel proceso sofisticado y extranjero le infundía respeto: nadie se metería a juzgar. La Tona acudía por el directo, que le gustaba, pero los alaridos de la señora Aurora se escucharon en toda la calle, subieron hasta el fondo la cuesta arriba y alertaron a otras comadres que apuraban un corro oportuno a la última luz de la tarde.

Mira, Aurora, el doctor dice que está bien —Amalia le habló muy pausada. Pero ya sabes que de entrada no puede ir por ahí, no le hables de ir. Bueno, voy a llamarla, te la paso, ¡Ana!

¡Ay! —la madre dio un respingo sobre sus pies y la voz se le puso temblona. Hiiija, ¿cómo te encuentras? Bien mamá, bien, me encuentro bien. Ay, hija, ¿y cómo quedaste?, ¿sigues tan delgada? No, mamá, no, me han hecho engordar; haz el favor, no te apures por mi salud. Y ¿cómo no me iba a apurar?, ¿de verdad estás bien hija?, ay hija.

A Amalia no le hacía falta escuchar lo que llegaba del otro extremo para seguir montando la escena. La señora Aurora estaba seguro a punto de soltar la lágrima si no la había soltado ya. A estas alturas, un grupo de seis o siete vecinas se habría unido a la Tiatona, haciendo aspavientos; habrían llegado corriendo, calle abajo, moviendo sus moles de cuerpo con resignación, como hacen los barcos amarrados en el temporal. En vuelo bajo habrían corrido, sin levantar la zapatilla del empedrado, el fieltro bien gastado de trasegar tanto peso. Amalia regresaba con su memoria y miraba a Ana mientras ella intentaba en vano calmar la ansiedad de su madre: el efecto de este intercambio de palabras era siempre el contrario.

Mientras Ana hablaba por teléfono, a Amalia le quedaron los ojos pegados a la piel de su amiga. La miraba y le notaba algo raro que no sabría definir. Los primeros días de régimen abierto le aliviaron la hinchazón, producto de tanto tratamiento raro, seguro, que quedó re-

26

ducido a partir de entonces a un ligero ansiolítico para dormir. Sin embargo, bajo aquel volumen acuoso que desaparecía, apenas quedaba nada. Realmente una pena. Ni la peluquería, que el primer día logró que le arreglaran aquel pelo empobrecido; ni la ropa a la última, ni los almuerzos al sol de primavera en cuanta terraza Amalia conocía. Nada borró aquel rictus entumecido. Anita tenía mala cara, estaba demacrada, como si la hubieran cubierto con un verdín húmedo y sucio. Contradiciendo la apariencia, los últimos análisis hechos en la granja no alarmaban sobre nada en particular, nada más que el hígado, recuperado de una hepatitis sin síntomas, las transaminasas bailando arriba y después abajo. Por lo demás, sentencia del internista, sus constantes entraban en la normalidad. El aspecto era otra cosa; era también ese rictus que les quedaba, después de tanta angustia: la boca torcida y los dientes como queriendo salir, más grandes los dientes que el hueco de la boca, desencajando en la cara las mandíbulas, ladeadas. Había que creer al internista. Quizá sólo fuera cuestión de cambiar de hábitos y hacer un poco de vida tranquila: la primavera de Madrid, eso les quedaba por delante. Y sus deseos persiguiendo el tiempo lento y las mañanas templadas de Caeiro: la primavera, qué hipocresía.

Reconoció el territorio nada más llegar y día tras día lo fue marcando con el celo de un felino. Amalia vivía en un apartamento en pleno barrio de Argüelles, donde los primeros años de estudiante la habían instalado junto a sus compañeras de provincias. Primero marcó la estantería de libros, leyendo los lomos uno a uno, y luego eligió un butacón alejado de la ventana, bajo una lámpara de lectura. Ya nadie la arrancaría de allí. Amalia intentaba rehacer su vida corriente, pero toda vez que marchaba sola de la casa, a sus asuntos, tenía la sensación de haber dejado a Ana varada para siempre en aquel rincón. Le pesaba la conciencia. Intentó convencerla para seguir un curso de restauración de objetos antiguos, y toda la respuesta que obtuvo fue un bufido. ¿Qué pasa Ana?, dijiste que te apetecía meterte en ese asunto de la restauración. Pereza, lo que me da es pereza: hay que defender el derecho a la pereza. A Amalia le sonaba, pero no podía asegurar con certeza dónde habría leído Ana la defensa de la pereza.

Después del dislocamiento inicial, Ana había encontrado su refugio. Se pasaba el día tirada en el sofá rodeada de literatura, por dentro y por fuera. No quería ver televisión, y hasta le molestaba cuando Amalia ponía las noticias. Era como si no quisiera salir del cascarón donde le habían colocado los diez meses de cura, más impenetrable aún que aquel otro de caracol que ella habitaba de ordinario. Las fantasías de otros, o sea la literatura, le permitían seguir soñando con las suyas: un misterio lo que ella soñaría. Amalia procuraba hablarle mucho, le hacía preguntas, pero a veces era consciente de molestarla, y callaba, también a ella el silencio le reconfortaba de tanta tensión como llevaba encima.

Tardó casi una semana en darse cuenta del detalle del teléfono. Y cuando lo notó, temió que fuera demasiado tarde: más le pesó la conciencia a Amalia ese día. Había salido temprano a la facultad y después de las clases quiso hacer como si nada anormal estuviese ocurriendo, así que de regreso a casa siguió con unos compañeros la ruta de las cañas de cerveza con vermú. En total, habían transcurrido cinco horas de su ausencia. Al abrir la cerradura sintió que la cabeza le daba vueltas a una velocidad endemoniada: Qué horror, cómo he podido, qué mal. Clic —oyó. Una décima antes de cerrar la puerta a sus espaldas, le dio tiempo a escuchar que Ana colgaba el auricular: ¿Hablabas con alguien? No. Ah, he creído oírte. Ella ni siquiera volvió a responder, ni levantó la vista del libro que tenía entre manos. Entonces Amalia recapituló las veces que en los últimos días el teléfono se había cortado al descolgarlo: ¿Diga?, ¿diga?... un cruce de líneas, simplemente se le había ocurrido eso, un cruce de líneas, con tanto apartamento por planta. Qué tonta, claro, era Jesús, ¿quién si no?, ¿un admirador indeciso?, a ver. No recordaba ninguno.

No le habría sido difícil conseguir su número, oportunamente enterado de que las chicas estaban juntas en Madrid. La gente en los pueblos como Caeiro habla, habla mucho en grupo, mira por la ventana o por la puerta, y habla. Y seguro que estos días Ana había sido el centro de más de uno de esos corros de la patata que se forman en cada esquina, en la antesala de cada casa, en el puesto ambulante de pescado, las pescaderas de un lado a otro a donde las llamen con la carretilla y el cuento, en la ferretería, lugar concurrido de ociosos que piden clavos o matarratas o cualquier cosa porque se vende de todo, y en fin, allí donde se juntaran más de dos. Su madre se lo habría contado a las tías, a gritos, es decir que ni siquiera hizo falta: oirían en directo sus conversaciones al teléfono, porque desde que Anita estaba mala, el chaflán que formaba la casa de Baamonde se había convertido en uno de los lugares preferidos para matar las horas.

La casa ocupó el corazón del pueblo, en el centro mismo, número quince de la calle Comandante Lobo, una cuesta empinada que partía en dos como espinazo el enjambre de callecitas y callejones de tierra que formaban el núcleo habitado de Caeiro. Las calles bajaban como ríos hasta desembocar en una pequeña plaza antes ensombrecida por tilos centenarios, que fueron arrancados sin pena para construir el paseo marítimo, robando la mitad del espacio a la plaza del Mar y el empedrado entero, que quedó cubierto por grandes losas de granito gris de Porriño semipulido. La plaza era un espacio abierto y rodeado de balcones, que moría sobre el puerto antiguo: apenas una rampa también de granito, pero éste en bruto y sin denominación, y un dique que siempre había bastado para guardar abarloada la exigua flota del pueblo en las noches de maretón y viento sur. La tarrafas tenían su muerto en amarras y sólo precisaban del muelle para faenas de carga y descarga, luego el barco se fondeaba y los hombres remaban a tierra en el bote auxiliar. Pero quiso el progreso diseñar un muelle nuevo, de hormigón, una extensión enorme y desangelada, que a su paso hacia la margen derecha del pueblo había desfigurado con palas y desmontes el acantilado natural sobre el que colgaban las casas de los marineros. Ganaron los marineros una fábrica de hielo molido, ya no hubo que cruzar la ría para llenar las cámaras, vinieron en cambio barcos de otros puertos que dejaron dinero al dueño del frío. En el medio, milagrosamente, sobrevivió la pequeña playa, siempre vacía, un refugio para Ana, espacio contemplativo de la gente del pueblo que nunca acostumbró a gozar las caricias del sol ni los baños salados: ni los marineros ni sus familias nadan, nadar es cosa de ricos. Los ricos nadaban en las aguas de un gran arenal, en la margen opuesta al puerto nuevo, la arena terminaba en un pinar, que llegaba hasta los primeros chalets de veraneo.

A los hombres del mar nadie los movió, sus faenas se trasladaron al dique nuevo, desierto, una inmensidad vacía entre tarrafa y tarrafa, pero a ellos nadie los arrancaba de su bar, cafebar Avenida, inmediatamente a la izquierda de la rampa. Llegaban ya al mediodía, a calentarse, decían ellos, para aguantar la jornada nocturna. Y volvían de mañana, a confortarse con carajillo de agua ardiente y café negro, ateridos de la mar oscura y fría, silentes, salvo si hubiera una agarrada: entonces no se escuchan palabras, sólo bronca y gritos; en el mar cada barco tiene su territorio y su marca, y hay leyes que se atienden sin que estén escritas, y cuando no, viene la pelea. El cafebar se había ido modernizando con el tiempo y los dineros, y al golpe seco del dominó sobre mármol seguía ahora el tirorirorí rorí de la tragaperras. Las tragaperras trajeron a las señoras, que nunca habían frecuentado el cafebar. Empezaron a ir, las más avezadas, los domingos por la tarde, con miramientos y a mirar, a echar monedas, a matar tiempo y charlar, con griterío de niños por medio, perseguidas de griterío. Pero las mesas del Avenida tenían dueño, marineros retirados, propietarios de tierras, medio hacendados, hombres conformados a un destino tranquilo. Así las señoras y sus criaturas quedaron relegadas a tres mesas de la entrada, nunca fueron bien recibidas, y algunas cogieron la enfermedad del juego tragaperras y empezaron a frecuentar todos los días, sigilosas, sin ver más que la máquina, hasta hacerse parte del mobiliario en el cafebar.

Las tías de Ana fueron de las primeras en atreverse a ir al Avenida, hicieron del café del domingo una costumbre, tan de tertulia y café largo como eran la Tona, Tucha y Balbina, la tarde entera con un café. A diario, en vez de cafebar iban de ferreterías. Se instalaban en el mostrador de Benito y allí se entretenían una media hora, y él, entre bombilla y titanlux, haciéndoles repasar lo último en la parroquia. Ellas siempre enteradas, y el negocio, ya se sabe, lento, porque hay que contar clavos, medir cuerda, cortar. Después cambiaban a la de Arturito, con la disculpa de un quitamanchas, cualquier cosa, porque en los pueblos de la comarca caeirense no proliferan más que ferreterías: venden los barcos o se hunden una noche de mar, cierran los astilleros por reconversión, quedan aislados, olvidados del trazado de las autopistas, y no hacen más que abrir negocios ferreteros.

Para airear asuntos estaban también las mujeres del servicio, que por la mañana venían a ayudar a la tata de Ana, la señora Eulalia, que ya iba vieja pero que por nada del mundo se iría de aquella casa; y por la tarde, a saber dónde conferenciaban las *rapaciñas*. Y Jesús, siempre alerta sobre la niña de sus sueños y delirios, el primer enterado del ir y venir de Ana, claro. Y no se le ocurriría al chico mejor ayuda que llamarla. Y Amalia: Tengo que hablar con ella. ¿Le habrá dado tiempo ya a esa criatura del infierno a devolverle los fantasmas y las ganas? ¡Cómo lo odio! —eso creía.

No lo negó, había hablado con Jesús, pero sólo para decirle que no tenía intención de volver al pueblo de momento, y que se quedaría en Madrid a hacer un curso de restauración. Y él: ¿Está de moda o qué? Sí, es lo que está de moda, ¿y qué? —le contestó. No, nada. Y tú, cuéntame, ¿de qué vives ahora? El diálogo que Ana reprodujo tranquilizó a Amalia. ¿Estará reaccionando contra el pasado? —ella, pasmada. Hay que ver lo que hacen esos malditos sacacuartos de bata blanca —Amalia haciéndose ilusiones, sin acabar de creer lo que tanto deseaba.

Al día siguiente por la mañana fueron a visitar la escuela. No era ninguna maravilla, más bien era una bobada para gente ociosa, o desnortada, como ella. Al menos ocupará su tiempo —pensó Amalia. Ana empezó a ir a clases todas las mañanas, sin entusiasmo, pero así pasaban los días. Apenas quedaba un mes de curso, con los exámenes por el medio, y el verano era un problema en perspectiva: alguien debía decidir si Ana podía o no volver al origen de aquel mal sueño, Caeiro. Llamó al médico, no le parecía justo que se olvidara de un paciente tan pronto, y menos después de haber cobrado lo suyo. El psiquiatra volvió a pedirle su juicio, ella se limitó a escribirle una carta contándole las cosas que Ana hacía, sus reacciones más desapasionadas ante casi todo, su estar cotidiano fuera del mundo, su frecuente mal humor: Usted dirá —le escribió. La respuesta de aquel médico del alma fue toda una evasiva y sonaba a gloria: Estimada Amalia, con respecto a lo que me consulta, creo que lo mejor será que usted misma se lo proponga y observe su reacción. Si no se da ninguna respuesta ansiosa por su parte, Ana estará en condiciones de afrontar su pasado con la distancia de lo aprendido. Ahí te quedas.

Ana reaccionó fría. Imposible acertar su sentimiento, si disfrazaba las ganas de volver, si se estaba adelantando al miedo de los otros o si en realidad el regreso le dejaba impasible. Amalia pensó que, después de todo, Jesús no había llamado más. Jesús seguía siendo el peligro, y encima era un cobarde, o eso creía ella, y como la encontraría tan cambiada, a Ana, hasta con un poco de suerte ni le gustaba: Acuérdate que venimos de París, Ana. Ilusiones, el aspecto de Ana no se había refinado, qué va, ni la dieta sana, Amalia tan obsesa de la dieta, ni las piscinas que le hizo nadar, ella remoloneando sobre las planchitas de corcho, haciendo la sirenita colgada de las barras, ni los paseos ni el sol que empezaba a abrasar en Madrid: nada había devuelto el color a la piel de Ana, era como si le hubieran desteñido la sangre en aquella cura tan natural. Se fueron el tres de julio.

La llegada a Caeiro fue un número. Era de esperar. Acuérdate que venimos de París, Ana. La señora Aurora se había prometido no llorar, pero las fuerzas no le alcanzaron más allá de la puerta del pequeño Fiat de Amalia, que cuando se abrió: Ay, hija, te echamos tanto en falta —la pinganilla colgando. El padre en segundo término, lo habitual, sereno o aparentando. Luego aparecieron las tías, encabezadas por la Tona, y ya entonces la señora Eulalia a moco tendido: *Ay miña filliña*. La voz corrió rápida calle arriba, y también abajo, que pronto se presentaron las vecinas todas del portiño, los primos, los compañeros de partida del señor Emilio. Estaban todos para la bienvenida, congraciados con el acontecimiento, el regreso de la hija pródiga de los Baamonde, que volvía de París. Todos menos los amigos de Ana, pocos le quedaban, la mayoría había desaparecido en los últimos cinco años: algunos se habían apartado de ella y otros habían muerto, se los había tragado la tierra o dios sabe qué, se habían ido sin dejar huella.

Bajaron las bolsas del coche, hubo manos por todas partes para ayudar. Ana abrazó a los padres y subió corriendo a su cuarto, a reconocer el tiempo que había pasado; y no vio nada. Acababa la tarde, las primeras luces se encendían y de las cocinas venía el olor a unto del caldo en el fuego a recalentar. Ana dijo que tenía el cuerpo cansado y el estómago mareado, que mañana ya contaría, y mañana diría que no había qué contar. Y se acostó. El pueblo seguía donde lo había dejado doce meses atrás.

Amaneció un día de niebla baja que prometía calor húmedo. Hacía en el Norte un julio caliente, inusual y revuelto, como si todo se conjurara para un fin de milenio fatal: el clima, los virus, el viento. Una sequía infernal asolaba la patata y el trigo, y poca agua quedaba para regar, además, cómo iban a regar de la traída aquellos campos siempre alimentados de lluvia. Galicia entera olía a incendio, era ya el olor que los niños llevarían en sus memorias junto a las meriendas en el pinar de la playa. Ana despertó con ruidos y aromas que le devolvían a la tierra desde aquel lugar oscuro donde vagaba, un lugar sin descifrar. Brincó en su colchón, aún de niña, y notó los mismos muelles vencidos bajo la lana. Por primera vez tenía ganas de levantarse, había pasado un año. Y quiso que el momento se dilatara. Se acurrucó bajo el peso de las mantas, y echó de menos la colcha espesa de ganchillo y algún que otro embozo que su madre habría retirado por aquel calor, tanto miedo les daba. Del patio subía el olor temprano de las vacas y el ruido de cacharros chocando, puestos a secar en la repisa de mármol de la cocina; puertas batiendo, la ropa de las camas a orear, sacudida colgando de las ventanas: la señora Eulalia ya tenía en danza a su ejército de *rapaciñas*, una de la Ripa, Juanita la Cagalleta y aún distinguió otra voz de pito que no conseguía identificar: *Ay Eulalia, dixeronme que a señorita Ana viñera moi desmejorada. Sei que eso din, caaa, pois ti a traballar, mociña, que aquí ninguen ven a comentar, que pra comentar xa está o cura.* Era la mayor de los Saboya, Secundina, crecida y puesta a servir. Luego oyó a Numancio abriendo el portón de su cuadra y dejando el cántaro en la puerta de la cocina de Eulalia: *Ahí o tes, ¿ainda durme? Chegou cansada, Numancio, deitadiña está desde as dez da noite. Mandalle saudos. Descuida.* Numancio y las vacas se echaban temprano al monte y no volvían hasta el atardecer, con la última luz, los estómagos a rebosar, las vacas, que a Numancio le esperaba la Paca con la cena puesta.

Ana aguantó las ganas, tanto tiempo sin ellas, hasta que desde el hueco de la escalera se filtró en el cuarto el vapor de la leche hervida, que traía además el recuerdo del pan fresco y la manteca de las mismas vacas. Entonces de un salto se puso en pie, tenía hambre: ¡Qué gusto! —olvidada ya del corte de digestión de la víspera, que probablemente lo habría provocado una morcilla que comieron en el camino. ¡A quién se le ocurre comer morcilla en el camino! O tal vez fueran los nervios del recibimiento.

Su madre la esperaba desde el alba, de la sala a la cocina y de la cocina a la sala, no había pegado ojo. Respetó su desayuno, que fue voraz, pero cuando Ana regustaba aún el fondo del tazón, espeso de migas, la señora Aurora hizo ademán de asaltarle con el buche lleno de preguntas y la voz anunciando lágrimas. Ana la atajó, le dijo que ya no había por qué llorar, estuvo a punto de decirle que le venía muy mal verla llorar, pero sólo dijo que quería ir corriendo hasta el almacén de Paca la Rata a comprar unas zapatillas, lo hacía el primer día de todos los veranos: unas bambas rojas o amarillas, azules o blancas, la suela de goma parduzca. En realidad, iba a callejear el pueblo, y se acercaría hasta el muelle a ver qué había, qué barcos habían llegado, qué traían, si habría redes para coser, a manguerazo limpio con las cajas del pescado, luego tan bien estibaditas, los cabos perfectamente enrollados, todo en su justo sitio, que es la clave para que un barco camine. Así iba, cuesta abajo hacia el puerto, pensando ya en las faenas que tanto le gustaba ver, sin preocuparse de nada, como en los otros tiempos, de niña. Ah, y me paro en el quiosco de Hildita a comprar pipas. El quiosco quedaba a mano izquierda nada más entrar en la plaza del Mar, lo que quedaba de plaza: la caseta de Hildita había resistido el embate de la modernidad.

Ni siquiera esperó a que Ana llegara al malecón del puerto. En la segunda calle que cruzó, zas, Jesús le salió de una esquina. Se hizo el encontradizo, la de tiempo que llevaría esperándola, en la esquina: Ana, Aniña, volviste, ya sabía yo que a ti eso de Madrid nada, eso es para la Amalia, pero tú eres de aquí. Hola Jesús, cómo estás, ya te veré. Lo dijo rápido, intentando mantener el tipo, le quiso decir también que iba a un recado, que no podía pararse, pero se atropelló en sus propias palabras y él aprovechó su balbuceo: Tenemos que hablar, Ana. No sé de qué, Jesús. Estoy limpio, te lo juro, pregúntale si quieres al Xisto, a los de Ceis, a... Yo no tengo nada que preguntar, adiós Jesús, ya te veré. Y salió a la carrera, intentando sin embargo ser natural, en apariencia decidida. Por dentro, aquellos tres cuartos de minuto de apenas monosílabos le habían robado todas las fuerzas acumuladas en los meses de asepsia: ¿Todo va a ser así?, a punto de llorar.

Llegó al muelle en un suspiro, ni bambas ni pipas, aplazadas; tampoco quería pensar: aquel encuentro le había devuelto el mutismo agudo, y no volvió a abrir la boca hasta dos días después. No contó a nadie el encuentro, no se atrevió a salir más de la casa, le invadió de nuevo aquel miedo atroz a las puertas de la granja, y aunque nadie lo sabía ni nadie quiso preguntar, algo le había robado a Ana la energía de la mañana que despertó en Caeiro, eso se veía. La madre siguió llorando, la señora Eulalia gritó blasfemias por todos los cuartos de la casa, y el corrillo se formó otra vez en torno al oráculo de Tiatona: Está rara, la dejaron rara rara. No, si las cosas de la cabeza... ¿Qué cabeza?, mujeres, eso es que andan *endrojados* y después no hay quien les quite la tontura: quedan así.

Cuando Ana volvió a abrir la boca, mejor la hubiera dejado cerrada. Fue al tercer día de llegar. Tanta parentela y tanta cara de visita empezaba a saturarle. Andaban las dos, ella y Amalia, de un cuarto al otro de la casa, de visita, en la terracita del chaflán, en la sala, detrás por la cocina o en la huerta de sobremesa, subían con los primos al cuarto de Ana, hacía años que ella no hablaba con los primos, que los primos no le hablaban, y de repente, las dos solas, y Ana: Me voy al Bebedeiro, ¿te vienes? Amalia dio un bote en la silla: ¿Quéeee?, sabes que no puedes beber, tienen que pasar al menos… O Bebedeiro era el local de copas donde antes Ana y Jesús gastaban las noches, muertas, de sopor o si no de borrachera, también donde solían tener los enfados y las reconciliaciones, idílicas. Ana asaltó sus palabras cargada de furia, y no dejó que terminara el recitado: todo un manual de recetas psiquiátricas que Amalia se hubiera grabado en la memoria, que se accionaba con palabras claves tales como Jesús, cervecita, bailar, verbena, una gente. Ahora Ana descubría que Bebedeiro también estaba en el código prohibido. Amalia quería decirle que habían de pasar al menos otros seis meses antes de volver a… ¿Quién te ha dicho que quiero beber?, lo que quiero es ver gente de siempre (gente, no debió decir gente). Que estoy harta de hacer cosas raras en mi propia casa, que me apetece ver caras conocidas, sentirme en mi pueblo, y si quieren mirarme, pues que me miren: ¿tan fea estoy que te asusta lo que digan? Sabes que ése no es el asunto, que… Pues entonces llama a París —dijo *pagí*, arrastrando una erre por la garganta, marcando acento en la i. ¿No es eso lo que haces cada vez que te recuerdo a la de antes? Pues tú tampoco te hagas la sueca otra vez con el rollo de París, joder, vamos si quieres, allá tú.

A la gente de Caeiro, la distancia de lo francés, tan refinado, le mantenía a raya. Qué le había pasado a la niña de Baamonde: eran cosas de la cabeza. ¿Qué cabeza?, mujer, es que andan *endrojados* todo el día. La Tiatona había excomulgado del corro a la Perrentina, que se había atrevido a hablar así de su ahijada Anita, que tenía problemas oscuros de pensamiento y la estaba tratando un psiquiatra muy entendido de París, en Francia, que aún ahora le ponían las conferencias al médico. Qué iba a saber ella, la viuda del Tolete, ahogado en el mar fuera de servicio, precipitado por la borda del *Mar de Fora* una noche profunda de orujo. Contaban los marineros de aquel barco que el bueno del Tolete se había levantado de la litera a orinar, y que cuando tocaron para subir las redes, lo buscaron y ya nadie lo encontró: al compañero se lo había llevado el océano, sin rechistar, calladito, como pasara toda la vida, junto a aquella mujerona vocinglera que tenía.

Esa noche fueron al pub. Y Jesús, claro, como si las oliera. Allí estaba, dopado hasta las cejas el muy condenado. Y como esperando nada, junto a la puerta, sabiendo lo inevitable que pasaría: Hola. Hola. Se saludaron rápido, desfilaron como el rayo las dos. Y Amalia avistó a unos de Madrid que enseguida prendieron la hebra, aburridos como estaban, ávidos de que algo ocurriera, acodados en la barra y bebiendo sin ganas. Eran de aquellos chicos que llegaban para el verano a la zona de chalets, todo en torno a la playa. A Ana le parecía una gente lamentable, los mismos cada verano, iguales, sin tiempo pasado, un poco más gordos tal vez. Tampoco a Amalia le interesaban sus éxitos, porque fracasos aquella gente no contaba; todo les iba siempre bien, más que bien, Estupendo o ¡Fenomenal! Pero entonces le sirvieron para mantener a Jesús a distancia, como escudos.

El chico estuvo todo el rato esquinado, parecía muerto de la vergüenza, sin atreverse a meter baza ni a rozarlas; así, hasta que las chicas volvieron por donde habían llegado.

Y Amalia, al salir: ¿Contenta? Y Ana, Contenta estarás tú, que ni siquiera se acercó, ya puedes contarlo.

Sin embargo, había algo inevitable en todo aquello, y tres cuartos de hora en el pub bastaron para despertarlo. Las terapias y fórmulas que Ana recibió para controlarse, diez malditos meses haciéndose el mismo propósito, invocando a la misma fuerza sobrehumana que viniera del más allá para salvarla, no habían logrado arrancarle todo aquel sentimiento que le trenzaba las vísceras de la cabeza al corazón, o quién sabe si al revés, y de allí a los órganos genitales. Le recorrió una sensación de vértigo, idéntica a tantas veces, era un hueco abierto en las entrañas, como un embudo en el vientre que la aspirara entera hacia dentro. Lo mismo que siempre sintiera por Jesús. Y se dejó ir.

Jesús era su regreso a lo telúrico, una tentación que arrastraba Ana desde tan pequeña, seguro que desde la muerte del niño, Simón, que se llevó la infancia, y la niña no entendía por qué se había dejado allí los juguetes, tan bonitos. Era una tentación de recordar los días de luto, borrosos en la memoria, su soledad en la cocina: La niña que no se entere, y una procesión de gente encorvada, vestidos negros y corbatas negras, brazaletes, solemnidad, rostros cejijuntos y un llanto agudo al fondo del pasillo, donde habían colocado el féretro, chiquitito y blanco, sobre la mesa del tresillo, los sillones apartados y las flores que iban llegando. Y un olor a cirio que ya nunca se fue de aquella sala, impregnada. Los brazos de la Eulalia reteniéndola en la puerta de la cocina, ella que se soltaba y se escurría por el pasillo, el llanto todavía más agudo, viendo sacar ya la caja blanca. Y la Eulalia atrapándola a medio camino, agarrando el cuerpecito con sus brazos inmensos en una presión que lastimaba la barriga: *Esten quieta, neniña*. La niña que no se entere de nada. Se fue la infancia y quedó aquella sombra, y canciones sobre una noche muy oscura, *Cayó un maaaarinero al agua*, *Cayó un maaaarinero al agua*, *Se le presentó el demonio*, *Se le presentó el demonio*. Eulalia cantaba para dormirla, Ana se hacía la dormida para dejar de escucharla, *Qué me das marinerito*, *Qué me das marinerito*, *Si te saaaaco de estas aguas*, y soltar su cabeza e imaginar que encontraba al niño, *Te doy todos mis navíos y mi ooooro y mi plata*. Y Ana se levantaba a tocar los juguetes del niño, dándole besos a aquellos indios. Hasta que un día los devolvió a la tierra.

Amalia se sintió una traidora la tarde que entró en la sala de estar de los Baamonde a contarles la falta de su hija: ¡Qué demonios estoy haciendo, maldita sea! Lo tenía todo organizado, la huida, le era fácil huir, ella que pasaba la vida huyendo de todo, de sus sentimientos, de su sensibilidad, de la gente, y sólo una persona la aferraba a su sitio: la amiga del alma, y ahora la traicionaba así.

No tardó más de diez minutos en conseguir de los señores Baamonde el permiso y los cuartos. Fue una decisión rápida, de esas que tomaban indecisos en torno a la mesa camilla: ¿Y no podríais ir junto a los primos de Vigo, mujer? No, Aurora, hay que arrancarla de aquí, esta vez hay que llevarla bien lejos, será cosa de unas semanas, mientras que dura el buen tiempo y no se aguanta el calor de Madrid, luego puede volver conmigo, ¿no ves que aún le falta madurez a Ana?

Se irían a Londres, lo tenía todo preparado, aunque si fuera por ella emprenderían camino al Tíbet, cuanto más lejos, mejor: con tal de marchar cualquier cosa era buena. La escapada no le costó gran esfuerzo a Amalita Corvalán, con aquel padre que tenía, un señor adinerado por casamiento y curiosamente espléndido, que nadie sabía a ciencia cierta a qué se dedicaba en aquellos viajes a Dios sabe dónde, que en ocasiones lo retenían hasta tres meses seguidos alejado de la familia, atendiendo negocios, asuntos de rentas de las que ya sólo él tenía razón y por las que nadie en aquella casa de Castro preguntaba. Amalia también tuvo abuela, y una madre que naciera rica heredera, sonámbula perdida en las noches y más perdida aún en los sueños que le asaltaban de día.

Así que, con la ayuda de Antoñito Corvalán, consiguió habitación en una de las casas de huéspedes de Ramón Bugallo, O Monchobú, gallego universal en Londres, amo y señor de la última emigración gallega a Europa, distrito de Kensington, junto a Portobello. Trabajarían en la recepción de un *bed and breakfast*, por comida y cama, y el tal Ramón, Monchobú con confianza, ya les daría: Algunos duros, dijo exactamente: Unos duros para el bolsillo. Y a Ana, por qué no iba a apetecerle, Londres, mira tú, nadie le preguntó. Y ella no dijo nada por miedo, miedo a todo, a la fragilidad de Jesús, a la pena insoportable de sus padres, a sí misma y a aquel lado oscuro que cada vez la arrastraba con más fuerza, no había manera. Se irían en el próximo chárter, al día siguiente sin perder tiempo.

2

Llegan gritos de abajo

La habitación estaba completamente a oscuras, como si la luz fuera a hacer más dolorosos los recuerdos allí arrumbados, entre paredes de papel pintado, colores desvaídos. Alguien había cerrado a cal y canto los postigos de la ventana; las cortinas y los visillos echados: seguro que era cosa de Eulalia, que todas las mañanas con denodado esfuerzo subía a poner orden, las *rapaciñas* que allí no entraran; y ya después nadie se habría atrevido a abrirlas. Fuera, el atardecer caía plomizo. No se oía un alma. Nada rompía el silencio cernido como una losa en torno a la casa de Baamonde. Los perros montaban guardia por el día, como queriendo detener a quien vendría para llevársela, y por la noche en la oscuridad aullaban: era un lamento animal que laceraba como lo haría una guadaña. También las vacas salían a pacer calladas, como espectros, invisibles en sus formas desmesuradas, diríase que alguien arrancara los cencerros de sus pechos. Numancio era capaz de eso y más. Entraba sigiloso y dejaba el cántaro junto a la *lareira*, las piedras que el señor Emilio se había empeñado en conservar de la casa de sus padres, y Qué, cómo va, su gesto más petrificado si cabe, y entre las arrugas de su frente asomando simas infinitas. Ahí estamos. El diálogo era con el señor, que la Eulalia ya no salía a la puerta a recibirle, y era breve el intercambio de palabras, el mismo desde hacía dos semanas que Ana entrara en un coma que los médicos sentenciaron irreversible. Las mujeres de la casa, olvidadas de sonidos entendibles, ya sólo lamentaban.

Amalia oyó un murmurar de voces que llegaba de la sala de estar. Murmullos en tono sostenido, como de oración. Y de repente, un grito horrible: ¡Ella tampoco está limpia! Y ella, en la habitación oscura: ¡Maldito seas, Jesús! —apretó los dientes. ¿Es que nadie va a hacerle callar? Diosss. Calló ella y de golpe, Amalia, al tiempo que abajo cesaba el silabeo de misal. También el pobre —pensó. Tanta desesperanza lleva… Tchis —le dio a la lengua. En el fondo se sintió injusta. A Jesús le habían dado positivas las pruebas, iba para un año, y desde entonces, porque enseguida se supo, era el apestado de Caeiro. La gente se le apartaba cuando llegaba a la barra del bar, ningún padre dejaba que sus hijos se le acercaran, en el barbero se hacía un vacío a su alrededor… un decir, porque las cosas dejaron de ser así el día que Nicanor le dijo que no, que no le cortaba: Por si acaso, ya sabes, tienes que entenderlo, le dijo. Hasta en el local de sus amigos los de Ceis, el tal Bebedeiro, hasta allí le profesaban grima: nadie tomaba una taza con él, por si se cruzaban, que a veces pasa. Y su nombre sonó en los plenos municipales y hubo quien propuso un bando de prohibición que no salió adelante por miedo a los de la tele: Se prohíbe frecuentar los lugares públicos a todos aquellos portadores de y etcétera. Impensable, será noticia, concluyeron los ediles.

Desde que la cosa se sabía en el pueblo, y todo por el Aure, el único que pudo enterarse directamente, porque también Aurelio Viqueira andaba con pruebas en la Seguridad Social el día que a Jesús le dieron los resultados del TVIH, y jugó a ser cómplice en la espera, sumidos los dos en un ataque fulminante de miedo. Desde entonces, Jesús cargaba con un futuro negro, con la peste y con todas las culpas: Ese desgraciado que contagió a Aniña, decían de él. Mejor sería que se fuera. Pero dónde iba a ir. Él seguía con sus dosis, incapaz de otra cosa, agotando en las venas los últimos restos que quedaban de su familia. Y hasta los camellos le escapaban: nadie quería nada con él, el negocio y nada más. Lo de Ana remató su infortunio. Sin querer, Amalia lo culpaba también a él, aún en la certeza de que no hay más orden que el absurdo, que la probabilidad es un juego de lotería.

Está con Amalia y con Dios, y está dormida, *neniño*, y Amalia no quiere verte, *ay miña filliña*. La señora Aurora era llorona, y ahora lloraba sin lágrimas, un llanto remoto y repetido. Se resistía a creer. El cura había estado esa misma mañana, vestido de ceremonia, con el agua bendita, las cenizas y la restante pompa. Amalia no atendió el oficio, no pudo. Las personas mayores tal vez asumieran de otro modo la extremaunción, vaya palabra, pero ella, no.

Y tampoco la madre pudo, llevaba un par de días diciendo que no, que para qué, y no porque renegara del santo sacramento, no: la señora Aurora era muy beata, nada haría tambalear su fe; pero admitir este último oficio era resignarse: Dios no lo quiera, repetía. Y cómo no iba a quererlo si aquel coma no tenía vuelta. El padre quedó encargado de todos los trámites. Quién si no él iba a encargar la caja a medida, la lápida en la misma piedra que Simón, hasta el vestido negro de la madre: nadie iba a hacerlo por él, y el rito se celebra sin excusa. El señor Emilio andaba hundido, más hundido que el resto porque él no lloraba, faltaría más, verlo llorar.

Mire señora Aurora, usted creerá como todo el mundo que yo le hice mal a su hija, pero yo quiero a Ana más que a nadie en el mundo, y si ella se va, yo quiero irme también. En cambio esa Amalia, usted dirá que es muy *bueniña*, ¿verdad?, pues las tiene hechas como todos, se lo digo yo, que lo sé, y no quiero hablar mal de nadie, pero a ver, ¡a ver de quién es la culpa!

¿Qué demonios está diciendo ese tirado? —Amalia vuelta a alterarse con los gritos de Jesús, erguida para no perder ripio, la oreja orientada al hueco de la escalera. El absurdo y la probabilidad: con todo lo ignorante que parecía, el chico hablaba cargado de razón.

En el origen de todo, la adolescencia de Amalia se enredaba con la de Ana, con la de Jesús, con la de otros muchos que, persiguiendo un sueño, conocieron la realidad del dolor; ignorantes, ciegos de la curiosidad maravillosa que despierta lo lejano y lo oculto, a veces prohibido. Como aquellos discos que traían por los veranos los chicos de Madrid, algunos hasta venían de Londres directos a últimos de agosto; y en las portadas, fotos de Neil Young y de Lou Reed, en poses propias del más allá, cantándole a una novia que corría por sus venas, *I love you baby, can I have some more*. Y también se hablaba de los que ya habían muerto, como la Janis o Jimy Hendrix, ídolos venerados por legiones peludas y vestidos floreados: aquello era la libertad, y Ana y los otros, adolescentes, se tiraron sin ver, ciegos.

De las dos, Amalia había sido la primera. Fue un fin de curso, en el 83. Amalia estaba muy al día. Llegaban las estridencias del punk, y de fondo sonaba el ritmo sincopado de los skatalíticos, y algunos cantaban consignas de muerte contra los hippies y todo aquello que había sucedido anteayer. Y Amalia, que había pasado el verano anterior en Inglaterra, enviada lejos por su padre (Tanta vacación, a los niños no se les ha perdido nada aquí), Amalia había vuelto en septiembre, de Bristol, con tintes chillones para el pelo y remaches y chapas que muchas solapas perforaron en Caeiro.

Terminaban entonces las clases, aquel año que fue su primer curso de sexo mixto, alegre, el último. Aliviadas ella y Ana de las monjas y su olor a sopa de sobre y otras cosas que no se decían. Y para celebrar tal final feliz, entre ellas y unos más decidieron montar una fiesta grande de despedida.

Organizaron todo en el piso enorme y destartalado que el padre de un amigo tenía sin alquilar en la calle de San Emilio Mártir. Apartaron el polvo y montaron un equipo. La gente llevó bebidas y música, y también hubo micropuntos de LSD, que venían de Vigo, y marihuana que alguien había negociado con marineros de un carguero venezolano atracado en el puerto de la ciudad. Amalia tomó medio ácido de aquellos, eran *puntos rojos*, y le dio un viaje malo: la de tiempo que pasó sin poder ni hablar, bloqueada, como un espectador de circo padeciendo en su asiento el vértigo del trapecista, los orines de las fieras apretando en la nariz; le pitaban los oídos y llevaba un dolor de cabeza... Nadie reparó en su bajada al infierno.

Y ella que sólo veía a Ana, lejos lejos, como en el fin del mundo, y le parecía que todos la manoseaban. Ana, encantada en cambio, no paró de bailar, los Clash, Elvis Costello, Madness, Selecter, luego también montaban un coro entre varios y cantaban los temas pegadizos y bobos de Joe Jackson, *Tontos enamorados*. Amalia hizo acopio de fuerzas y se deslizó hacia el pasillo, largo, que caminó lento, como venciendo la atracción de una espiral, los brazos extendidos y las palmas rozando los muros. Sus pasos le parecieron eternos, ingrávido su cuerpo al caminar, y así fue yendo, a cámara lenta o ella así lo sentía, hasta que al fondo de aquel pasaje surgió una puerta. Empuñó la manilla imaginando que detrás de la barrera repentina se asomaba un inmenso vacío, y que flotando en él podría por fin descansar, estaba exangüe.

La abrió y encontró de golpe una cocina rezumante de mierda, oscura, de azulejos desconchados, y en el techo, enormes manchas de humedad. La fiesta de la galería no había llegado al fondo del pasillo, aquello era otro contubernio: un montón de gente, cabezas y brazos colgando, bocas balbuceando sonidos sin sentido, se agrupaba en torno a una mesa muy revuelta, llena de objetos pequeños y singulares que le parecieron desconocidos: cucharas, algodón, un limón abierto y otras cosas, revueltas. Nadie se volvió cuando a Amalia se le escurrió el pomo de la puerta, que fue a golpearse contra la pared: sus manos actuaban sin tacto y tampoco calculaba el impacto de sus fuerzas. De los diez o doce que habría en el aquelarre, sólo reconoció a Daniel Macías, un compañero de curso, y a Jesús Cainzos, aquel chico guapo de Caeiro que desde el verano pasado perseguía a Ana, y que había conseguido apuntarse al plan de las niñas en la ciudad: un espabilado de siempre, tan seguro iba de su aspecto que nada le cohibía. No tenía mucha cabeza, ni tampoco talento, ni era especialmente simpático, pero se le veía un halo interesante, cierto misterio, a aquel pequeño de los tres Cainzos. Como a sus hermanos, pero más a él. Varones los tres, de buen ver, de cuerpos fornidos, talla alta y extremidades muy largas, de manos anchas que al moverlas parecía que hablaran: hombres que estrechaban fuerte. Tenían los tres la tez oscura hasta en invierno, y luego el pelo rubio, o trigueño claro con reflejos, quemado del mar. Jesús lo llevaba ligeramente largo, echado para atrás con la frente despejada, así que a quien se fijara en él le clavaba la mirada, de ojos verdosos y algo rasgados, una mirada que no se aguantaba: así también llevaba de abultado el historial de amoríos el pequeño de los Cainzos. Iba ya para un año que le había entrado un no sé qué con Ana, un empeño, guapo con guapa. Tonterías, creía Amalia. A ver qué tiene en común Anita con ese descerebrado de boca ancha, a ver si todo va a ser sexo y nada más.

Jesús fue el primero en darse cuenta, pasados unos minutos, de que Amalia había entrado en la guarida, la cocina cochambrosa al fondo del pasillo: Amalia, ¿te pasa algo? Me parece que tengo un mal tripi, pero creo que ya va mejor, deja que me eche un poco ahí. Por el suelo habían colocado cojines y colchones, estaban raídos de podredumbre, e igual le dio: sintió que se caía sobre él; y él: ¿Quieres meterte algo?, seguro que te baja el colocón. Imaginó que sería heroína, había oído que el Cainzos andaba con esas cosas, siempre jugando a sortear peligros, se diría que lo heredara en la sangre de

50

parido, un sino, hijo el Cainzos de un padre suicida o muerto de dios sabía qué. Cuando no eran las motos eran los saltos mortales para zambullirse en el agua desde lo alto del acantilado, cuando no, las apuestas a ver quién resistía más tazas de orujo, cuando no, cualquier cafrada. Fue de los primeros valientes en montarse a la rueda de los tóxicos, Bustaid, Artane, anfetas todas; luego ácidos, y luego ya, polvos de todo tipo. Rastreaban las farmacias persiguiendo psicotrópicos, barbitúricos, opiáceos, hasta anestésicos insuflaban, mierda, y pastillas para acelerar el ritmo cardíaco.

Amalia tampoco preguntó qué era aquello, aceptaría cualquier cosa, tal desesperación llevaba: Creí que me moría en ese pasillo, Jesús, te prometo que he visto mi propia muerte —y ella hablándole con tanta confianza a aquél de Cainzos. Sentí cómo me iba, te prometo que me iba, y peor aún: quería irme. Tranquila, tía, ya verás qué bien te pone esto. Y él le hizo, Amalia ni miró, extendió el brazo y notó un picor que le subía hacia el cuello.

Así amaneció al día siguiente, bueno, unas horas después: acoplada al grupo en *off* huido del tumulto, que durante la noche fueron arramblando más cojines, gomaespumas y lo que podían para la cueva, haciendo incursiones furtivas en la galería de la fiesta. Y bien enroscados, dormían los sueños cortos y profundos del oro negro. Un gusto sentían...

Cuando despertó, no hizo preguntas ni nada: a quién iba a hacérselas si todos dormitaban o algo parecido, sofronizados; ni siquiera se paró a reconocer a aquel tipo que tenía la mano metida entre sus piernas, a saber dónde llegara ni quién era: ¡Que le siente bien! —se dijo. Logró levantarse y cruzar los cuerpos, esquivando cabezas, brazos y piernas, como en una gincana.

Buscó su bolso en la sala, lo encontró tirado debajo de un sillón, salió a la calle y se puso a caminar en dirección Cuatro Caminos.

Tía, ¿dónde te habías metido?, desapareces y hala, te quedas tan tranquila; al menos podías haberme dicho que te ibas ¿no?, he estado toda la maldita noche preguntando por ti. Ana soltó sin respirar la retahíla de reproches, como una madre desvelada. No me fui a ningún sitio: vengo de la fiesta, y estoy medio muerta. Pero ¿qué dices?, si estuve una hora esperando, a ver si habías salido y volvías, sin atreverme a llamar aquí por la patrona; cuando marché de San Emilio allí no quedaba nadie, y cuando llegué y no te vi, ¿tú sabes lo preocupada que he estado? Me he quedado a dormir en la parte de atrás de la casa, nos hemos quedado unos cuantos, entre otros tu estupendo Jesús, pero no te hagas ilusiones, no ha pasado nada, sigo tan virgen como antes, o eso espero. Amalia arrastraba las palabras al hablar, tenía la boca empastada, vio un botellín de agua y se tiro como poseída, y lo vació de un trago. ¿No te habrás metido de esa mierda que llevaban, verdad, Amalia? ¿Quieres saber si me metí caballo? Y Ana: Mierda. Pues sí, me lo metí, y si quieres saber más: me lo metí con tu niño guapo, el jefe de ceremonias, consolándose con la mierda mientras tú bailabas tan desenfrenada, como siempre. Pero tía, ¿estás colgada?

No estaba disimulando, ni tampoco eran celos lo que Ana sentía, era un asombro enorme que le dejó un buen rato paralizada, de pie frente a ella, escuchando atónita con la quijada abierta y tiesa. Y Amalia, siempre tan consciente y preclara, con respuesta para todo, que se reía de los locos de la pastilla, Modernos, decía; Amalia: Esto sí que tiene coña, una coña marinera, ahora resulta que Anita Baamonde me está llamando la atención, ella a mí. Mira —siguió: voy a darme una ducha y a intentar dormir un rato bien a gusto, no creas todo lo que te diga, pero tengo la impresión de que me dejaste sola.

No había querido decirlo, a lo mejor lo había pensado con tanta fuerza que el subconsciente le traicionó. Quizá no fuera ella, Amalia, sino otro yo quien había hablado: Me dejaste sola, había dicho; y ya estaba, y era sincero, porque había muchos celos enredados, y ella no podía soportar el éxito de Ana con los hombres, le parecía que la transformaba, a su amiga del alma. Llevaban un año compartiendo la habitación de aquella pensión para señoritas en Cuatro Caminos, y Amalia estaba a punto de convencerse de que el cariño que sentía por su amiga se había convertido en algo distinto.

La cosa empezó por un juego que hacían con doce y trece años, en época de desarrollar el cuerpo y los instintos: se palpaban una a otra los pechos que despuntaban a ver quién los tenía más grandes, tocándose mucho para medir. Luego se colocaban un algodón sobre el pezón y decían que les habían crecido: A ver, a ver —y había que comparar, la teta desnuda y la teta cubierta, midiendo con la palma extendida, una a la otra. No, aún le falta, la mía es más grande, ponte más. Amalia guardaba el gusto, nunca olvidó aquel secreto, tampoco lo habían repetido.

Se duchó y se tumbó en la cama mirando a Ana mientras ella se arreglaba. Todavía conservaba restos de aquella laxitud que le había procurado la heroína, estaba plácida. Ana se quitó el albornoz y empezó a untarse crema por las piernas, luego dio un masaje en redondo a sus pechos tiernos, muy firmes. Amalia se sintió provocada al ver su cuerpo tan desnudo, no entendía bien por qué, después del tiempo pasado juntas. Terminó el masaje hidratante y sacó del cajón un conjunto de lencería, historiadísimo, la lencería le hacía perder el gusto, hasta en eso eran la noche y el día. Oh, ¿has quedado para una siesta con John Travolta?, pero qué hortera eres, Ana. En cierto modo, también a Ana le hacía gracia verse así. Las dos se rieron, con bastantes ganas, y se cruzaron insultos: Cursi, mira que eres cursi. Y Ana: Tú calla, drogadicta. Pendón. Loca. Puta. Así hasta que Ana se fue y Amalia se rindió al sueño.

Quizá hubiera tenido algo que ver, no parecía muy probable, pero bastante era cargar con la duda: que tal vez aquel incidente banal hubiera despertado su curiosidad, como abriendo una espita en la cabeza ya curiosa de Ana. A ver, su amiga la juiciosa había probado la heroína, se diría, y ella en cambio, no. No le había sentado tan mal, ni se había hecho adicta, como decían que ocurría, y ella tenía tantas ganas de conocer cosas nuevas. Ganas también de descubrir aquello que encantaba a todos sus ídolos y los arrastraba por caminos fuera del mundo, lugares que podrían parecerse a esos que ella frecuentaba: túneles en la tierra. El caso es que ese verano empezaron los asuntos raros, que luego fueron malos asuntos, y así siempre a peor. La sensación de aquella droga era un escándalo, un placer como ningún otro, pero había que ver en qué estado iba toda aquella gente, hecha ya una pena e ignorante aún de lo que estaba por venir.

Ana se convirtió en la princesa de una tropa rastrera, rastrera porque perdían los escrúpulos. Pronto quedaban descerebrados, las neuronas dormidas; desalmados, sin amigos ni familia que importara: ¿cuánto me das?, ¿cuánto quieres por eso?, vale, y si no vale te enteras. Pero ella decidió que no le importaba, que resistiría en el limbo sin ver la miseria que le rodeaba, ciega. Se sentía bien, porque la admiraban, a aquella gente le gustaba tener entre sus huestes a una chica como Ana, que decía palabras sorprendentes, que llamaba a voces lo bello y que en los días de bruma venía pringando de melancolía. Así se descubrió dejada en un marasmo de placer, confortada de miedos que nadie diría que conocía tan bien.

Ana fue una niña solitaria, la imaginación al pairo de las historias fantásticas y terribles que se contaban alrededor de aquella piedra caliente de la cocina, mecida entre las tetas enormes y jugosas de la Eulalia. Los juegos se los había llevado el hermano Simón, también la alegría de la madre, que desde que el niño Simón se fuera: Con los ángeles, *neniña*, *foise cos anxos*, le explicaban a ella en la cocina. Nunca después se volvió a escuchar a la señora Aurora cantando aquella Comparsita que aprendiera de la abuela Lela, entre pucheros de caldo y nostalgias de juventud ultramarina. La sonrisa se le hizo cartón a Aurora, y sus ojos perdieron la vida tras una película gris, tal que unas cataratas prematuras. Ana nunca la vio sonreír.

Atenta a la fantasía que crecía en su cabeza, Anita había imaginado un mundo que no coincidía con ese otro que se iba conformando en su entorno: Ana, baja a la realidad; Ana, estate atenta. Lo escuchaba ella como una letanía. Y en cuanto el ruido de fuera cesaba, quedaba Ana enredada en asuntos de más allá, arriba en el túnel: un pasadizo que escenificaba en la arboleda frondosa del Pico do Monte. Allí nadie la encontraba, nadie sabía llegar. Unos años atrás había llevado al túnel los madelmanes y otros tesoros que quedaron de su hermano, guardados, tan ordenaditos, en el cofre de madera que unas navidades le regalaran al padre los del ministerio, por favores que él concedía en sus tierras: el cofre lleno de vino para el señor Emilio. Aquellos hombrecillos articulados poblaron el universo querido de Ana. Los trasladó con todos sus pertrechos, canoas, cantimploras en miniatura, prismáticos minúsculos, escafandras, y reposaron bajo la mata de caracoles, para que también ellos jugaran: los caracoles que resbalaban lentos como ella, despreocupados en sus babas.

Así que con este hallazgo de la química, ora polvo blanco ora marrón, escamado, opio en piedra, encontró Ana poco menos que su estado ideal. Siempre en la boca del túnel, ignorante del exterior, inconsciente de otros miedos, un hurón arrebujado feliz en su cueva de madreselva. Más tarde, cuando los médicos de la mente le aplicaran esos test de manchas informes, en blanco y negro, para que ella las descifrara, Ana respondería sin pensar que eran mariposas: Mariposas, una más grande, y debajo, pues la hija. Ninguno adivinó su escondite. Concluían los doctores, por defenderse, que lo suyo era puro capricho. Las mariposas, pardas y amarillas, aunque en el test las pintaran negras y blancas, se habían levantado en un tupido vuelo y protegían a Ana en su mundo fantástico, su silencio de caracol.

Decidió que allí se quedaba, en Caeiro. Dijo, por decir, que le aburría estudiar carrera, que de momento la habían admitido en una academia de la ciudad que colocaba a las chicas, De azafatas en congresos y otras gaitas —así dijo. Trabajitos breves que ella confiaba resolver en un santiamén. La talla la daba sobrada, con aquel rostro de belleza clara que se le fue poniendo lánguida, y la figura cada vez más fina; tanto, que cualquier trapo le sentaba bien. Conservaba intacto el cuerpo cultivado en la gimnasia del colegio y los juegos con los niños, aunque no volviera Ana a dar una carrera ni un salto, ni a nadar con los chavales desde el muelle hasta las boyas, a ver quién tocaba primero, ni a pedirle el bote al tío Juan para hacer carreras, nada. A los padres no les extrañó el cambio de Ana, poco les extrañaba de su hija, habían ido perdiendo la capacidad de sorpresa. Crecía también en ellos una indolencia por las cosas de este mundo… Tal vez fuera un mal de familia.

Aquel verano, mientras esperaba a que la llamaran de la academia, que sabía dios qué academia era aquella, empezó a ir la cosa en serio con Jesús, el pequeño de los tres Cainzos. Tres varones huérfanos de padre desde la infancia y con una madre que no paraba de chillarles, que nada bueno sacaba de ellos la pobre Maruxa, enferma de una esclerosis múltiple y galopante que acabaría con la mujer en un tris. Los tres hijos, muy seguidos, casados los dos mayores, mocetones de buen ver los tres, quedaron al cuidado de la herencia del padre: unas tierras que cultivaban varias familias de la Franqueira pagando la renta en especies, y otros bienes que enseguida hicieron efectivos. Vendieron la embarcación con las redes, más la DKV que la madre condujera en salud, repartiendo el pescado que cada mañana traía *La Farruca*, una tarrafa de treinta y tres pies y tres marineros que iban con la patrona a partes casi iguales, casi. A Maruxa nunca nadie la engañó, menuda era, sólo sus hijos se la jugaban. Así que cuando enfermó y quiso ponerlos a funcionar, el negocio empezó a ir mal y tuvo que apartarlos de en medio: *Faltalles o pai*, decía ella, vencida. Y les daba de comer, les vestía y hasta le sacaban como fuera para la farra y las chicas.

Maruxa murió ese verano, y el llanto de Jesús dejado de aquella madre grande le abrió las carnes a Anita, que por primera vez a sus años sintió que alguien la necesitaba. Lo acompañó en todos los duelos y los lutos, cuidaron a la mujer más de muerta que de viva, iban juntos al cementerio a llevarle flores, le llevaban también plumas de pájaro y caracolas, y allí estaban un buen rato, él pidiéndole perdón a la madre y ella, consolándole con historias bonitas; los dos embobados como idiotas. Luego por la noche, por levantar el ánimo, iban a ver qué encontraban: siempre había *algo* en algún pueblo cerca, el *algo* y la distribución cambiaban con la temporada, pero blanco o marrón, polvo para perderse siempre encontraban.

Lo cierto es que Ana y Jesús se conocieron bien desde el primer día. La primera vez fue en vísperas, con la madre ya en agonía, que no obstante duraría unas semanas; y ellos, con el sentimiento en carne viva. Lloraron los dos, no sabían si de pena o de dicha, él por la madre y ella condolida, tocaron el cielo aquella tarde. Como sabiéndose los cuerpos desde un principio desconocido. Lo hicieron con tanta pasión y tanta fuerza que los miembros luego les escocían, y entonces les daba la risa: ¿A ver qué tienes ahí? Y entre risas lo volvían a hacer, y el dolor de sus partes rozando se confundía con el placer, y así saltaron la brevedad que separa los sentimientos opuestos, y aquello fundido dejó una raíz que no habría alma humana capaz de arrancar.

Andaban el día entero buscando un rincón entre las rocas, o en el pinar, escapando, luego volvían callados, se besaban o se devoraban y no atendían otro asunto, en cualquier sitio: la gente dejó de mirarlos. Y hasta un día que no se aguantaba, Ana lo subió a la arboleda, sin decir más que: Yo sé de un sitio. Hicieron el amor, Ana gritó como nunca. Él, ni cuenta se dio del lugar, como si fuese cualquier lugar, no preguntó nada. Ya nunca más subirían. Sobre todo porque el día siguiente fue el de autos, y muerta la madre les quedó la casa a sus anchas. Llegaban, saludaban de refilón si había alguien, y se metían en el cuarto, cerrados con un pestillo que Jesús instaló por precaución, no fuera a entrar algún sobrino. Nada ya de gritos, ni de llantos enfebrecidos: la pasión se fue por dentro, para que no les oyeran, quedó muy dentro, pero al menos cambiaron arena y ortigas por un colchón. Hicieron de aquel cuarto adolescente su nido, entre pósters de rockeros, motoristas, banderines de fútbol y libros de texto sobados por fuera y sin abrir: un nido cada vez más cerrado y obtuso.

También ese verano se acabó la animación nocturna del cementerio, porque lo tapiaron. Los niños pasaron a mayores y las historias fantasmales de Fandiño se tiñeron de miedo de verdad, de hipodérmicas y borracheras tremendas, y hasta se dijo que habían cogido a unos drogados y jodiendo sobre una tumba. Si era cierto o no, con esas cosas nunca se sabía, pero el caso es que el cuento corrió por el pueblo una mañana y, esa misma noche, ya había un retén de hombres con garrochas haciendo guardia en los cuatro costados del campo santo: hay de quien se acercara, que la oscuridad dejaría el crimen impune. Los vecinos exigieron a la corporación que levantara un muro, y dieron tanto la lata que el ayuntamiento rascó las arcas y empezó la obra ese mismo julio. Lo cercaron de murallas, candaron la verja y pusieron un horario estricto de visitas, como nunca se ha visto en lugar alguno. Así que de diez a doce de los sábados, domingos y miércoles, aquello se convirtió en una romería de mujeres de negro en zapatillas, arreglando sus sepulturas en frenesí póstumo: una cosa de locos. Y hasta hubo quien cogió la costumbre de dejar los aperos y el calzado en la parte baja del nicho, para no carretarlos desde la casa todos los días de faena de difuntos.

La heroína tomó el relevo a Fandiño. Fandiño era el hombre de arena en la infancia de Caeiro, el fantasma de un asesino ahogado en las marismas de la Xunqueira cuando corría perseguido por los espíritus de sus víctimas que, aún después de darle muerte, todas las noches de luna llena se levantaban de la tumba para ajusticiar la memoria del sanguinario y violador: *Fandiiiiño, ¿onde te atopas Fandiño?* Era el grito de la conjura. Había que esperar en el cementerio a ver esas chispas de luz que producen los huesos al chocar, para saber qué espíritu emprendía la venganza en aquella luna: *Foi o de Benvida*, la mujer que había aparecido cortada en dos de arriba abajo, como animal en canal, sepultada en el estiércol fermentado de sus vacas. Y aunque las ánimas nunca se vieran, el cuento se creía, porque no creer ya era un desafío.

Al terminar aquel agosto tan agitado, el padre de Amalia, empeñado siempre en que los hijos espabilaran en la extranjería, que también de allende las tierras y los mares venía la fortuna familiar, buscó en Madrid lo mejor que hubiera para su hija: Aquí no se te perdió nada —le dijo. Así que con las primeras brumas de septiembre la niña marchó para la Meseta, acompañada de su hermano Joaquín, que ya llevaba unos buenos cinco años de señorito calatrava en los colegios mayores y la universidad de Derecho de la Complutense. Buena pieza su hermano, que sin embargo se cuidó de no caer en líos gordos, y luego era tan diplomático, con aquella sonrisa sempiterna: no fallaba Joaquín.

Joaquín y su pandilla habían importado el cannabis a las queimadas de Caeiro, aquellas broncas nocturnas en el pinar, una gracia. Pero de toda aquella quinta ninguno había traspasado la novedad. Amalia defendía que era mejor fumar el hachís que beberse el orujo sin quemar, que no era el primer coma etílico que se daba en los guateques campestres. Difícil olvidar cómo se puso aquel marinero vasco, que por presumir de ser el más duro se había tragado media perola del aguardiente de la bodega de Belarmino, célebre por su resistencia al fuego, alcohol tan adúltero que no ardía por mucha candela que le dieran. Morado se puso el muchacho, luego verde y luego ya perdió todo el sentido. Tuvieron que llevarlo en volandas al puesto de socorro que la comandancia de Marina tenía en el muelle, y allí intentaron reanimarlo con un pinchazo de vitamina B1. Y que no iba, y llegó la ambulancia y a saber qué le harían en la Residencia, que el bruto de Nicolás quedó sin reacción por siete días.

La que corrió por el pueblo: se dijo que andaban endemoniados, con el estramonio, y eso ya eran palabras mayores, porque estramonio sí había entre las ruinas del viejo castillo, y era bien fácil de destilar, alquimia de niños, pero sus viajes a veces no tenían vuelta y a los que se marchaban luego se les veía vagar con las almas de la Santa Compaña. A los padres por si acaso les dio por hacer preguntas, fue una caza de brujas que duró los mismos siete días: al octavo, ya andaba la panda, con Nicolás revivido, de vuelta con la perola y las tazas de barro comprando orujo en la de Venancio, que en la de Belarmino, la memoria del susto aún fresca, aunque el litro era cincuenta pesetas más barato, de momento no se atrevían. Así que Amalia, que todos tenían por lista, les decía a los amigos que mejor era fumar, y buen cannabis siempre había: lo traían los marineros que faenaban en los caladeros saharianos y luego tocaban puerto en Casa Blanca antes de enfilar vuelta a casa.

También fue Joaquín quien les metió a Ana y a Amalia en asuntos literarios. Joaquín tenía una buena biblioteca, conservaba los volúmenes heredados de la familia materna, a buen resguardo de emigraciones, carcomas y humedad, y se encargaba de ponerla al día. Eso, hasta que el alcohol le fue relajando las costumbres y el tono afectivo, y empezó a echar panza y a ponerse que daba asco, y hasta baboso con las chicas. Así fue cómo lo vio

Ana cuando llegaron a Madrid. Le costó reconocer a su propio hermano por los bares de Argüelles y los locales nocturnos de San Francisco de Sales. Pensar que no tantos años atrás el mismo Joaquín había sido el instigador de las lecturas orientales y otras igual de fantásticas, también de los existencialistas y la poesía de las vanguardias. Mientras Joaquín se quedaba estancado en la gloria animista de ciertos contemporáneos, ya nunca iría a más, Amalia se dejó ir en la Literatura, entre otras cosas porque allí se sentía a salvo de la decadencia que hacía mella en su casa, y que ella se resistía a sufrir. A Anita, entre tanto, los libros le llenaron la cabeza de espejismos, felices.

3

Él entra

Entró en la habitación sorbiendo los mocos, aguantando los hipos con esfuerzo. Amalia no se atrevió a mirarlo de frente, le invadió una mezcla de pena atroz y miedo. Aquel chico llevaba el aura de la muerte encima, le iba por delante, y se sentía antes de verle, como un olor que su cuerpo exhalara en una estela. Tuvo la impresión de que Ana se agitaba en su lecho, que las sábanas perdían el compás de la agonía, lento. Se preguntó entonces si quedaría consciencia detrás de aquella ausencia abismal, bajo el inmenso dolor, apaciguado desde hacía más de un mes con una bomba de morfina incrustada en la médula. Otras veces se había hecho esta pregunta, era esencial, pero se convencía a sí misma de que no, que Ana ya no estaba allí para sufrir, que estaría asomada a ese túnel de luz azul intenso que dicen haber visto los que vuelven, volcados una vez a la muerte.

El silencio se hizo más grave con la presencia del otro, y Amalia creyó que debía hablarle, que aquella imagen terrible demenciaría sin remedio al pobre de Jesús, ya demenciado. Pensaba todo esto después de sus reflexiones sobre la culpa y de reconocer que aquel chico estaba pasando las de Caín. Entonces le miró a la cara. Los ojos de Amalia, pese a la oscuridad, debieron delatar el horror que le produjo la visión de aquel rostro, porque también él se sobresaltó, como si una corriente atravesara la estancia. Flaco y transparente como un espectro, frágil como un esqueleto que se fuera a descoyuntar, desabrido como un cadáver que sin embargo no lograra desprenderse de la vida. Sé cómo te sientes, Jesús. Y ya iba a levantarse para apretarle la mano o abrazarlo o algo y… ¡Tú qué vas a saber!: tú no sabes naaada, mujer.

Mejor dejarlo así. Tan poco acostumbrado estaba el hombre al consuelo. Y menos viniendo de ella. Además, cosas que ocurren, Jesús había sido testigo en preferente de sus peores extravíos, entonces no era tan absurdo que la culpara. ¡Ella tampoco está limpia!: Amalia volvió a oír el grito, retumbaba en su cabeza. Cabal aquella distinción, los limpios y los sucios.

El silencio seguido de aquel grito infernal (¡Tú qué vas a saber!), le llevó a parar a un recuerdo, nítido, muy nítido: el regreso a Caeiro después de su primer junio en la universidad, una tarde con el verano empezado.

Llegaba Amalia ansiosa por revivir costumbres, recuperar olores, visitar terrenos perdidos. Entró en casa y fue directa a la cocina, y se lanzó sobre el cesto de la fruta, olió la piel de las manzanas y olió los nísperos, dulces. Luego revisó el devenir doméstico, apuntado en aquellos cartelitos, colgados en la pared del fondo de la cocina: un hábito que su madre contagiara a todo el personal de la casona. Lo había ingeniado Doña Amalia porque tenía frágil la memoria y sufría sintiendo cómo las cosas le volaban de la cabeza: hasta veía moscas a su alrededor y se obsesionaba y decía que venían a robarle las ideas. Así que un día tomó la determinación de escribir todo lo que se lo ocurriera y colgarlo en un lugar visible, como empleando una cabeza de auxilio, para luego desarrollar el discurso. Ocurrencias como: Amanecí con dolor de pecho, No deberían limpiar petroleros en la ría, Hoy me apetece comer merluza, pero del pincho, mandaré a Pamelia a ver si la encuentra, Decirle a Antoñito que no quiero volver a cenar con esos matrimonios de los viernes, me aburren, Atacar las orugas que llegaron a los primeros pinos junto a las celosías. De tal manera sucedía, que a veces estaba de charla al otro extremo de la casa y dejaba a quien fuera con la palabra pendiente, para revisar una idea que tuviese en algún momento anterior y no recordara bien; y se pasaba el día preguntando si alguien había visto su cajita de papeles y bolígrafo, que en cualquier instante le hacía falta pero siempre la extraviaba. Una forma de organizarse que fue perfeccionando cuando aparecieron aquellos blocs de hojas cuadradas y diferentes colores. Así el rosa fueron sucesos personales que nadie debía leer, aunque ella los colgaba en el mismo lugar común confiada del pudor ajeno; lo amarillo eran recados para el marido; el azul, cosas domésticas; el verde sugería ideas generales sobre el mundo, y el blanco, asuntos para los niños. Los niños eran Amalia y Joaquín, ya crecidos. El resto de las almas tuvieron que conformarse con un marrón estraza y sin satinar que rascaba al escribir. Amalia cogió un níspero, eran los más tempranos de la huerta, y en la pared encontró el mensaje de Ana: Pásate por casa, te espero hasta las diez —en marrón, claro.

Un recibimiento cariñoso le esperaba en casa de los Baamonde: la madre hasta había mandado preparar aquella tarta de hojaldre con manzana que tanto gustaba a Amalita. Y Amalita qué guapa estás. Y cuenta, cuenta, ¿qué tal por Madrid? Y los estudios. Y ¿qué se lleva por allí? Ay qué moderna vienes, qué bonito pelo. Y tú hermano acabaría ya, ¿no? Así que aprovechaban para preguntarle por toda la parentela, que vivía como cautiva en la gloria pasada de aquella casa dominando la vista del pueblo. Amalia fue todo lo escueta que pudo, sobre todo porque llegó la Tona, como era su costumbre al olor de cualquier evento, y ya se sabía, que luego donde ella dijera esto, en el mostrador de Benitiño, Tona y las hermanas dirían aquello, y sus respuestas volverían la mañana siguiente a la cocina de Santa Amalia por boca de Pamelia la gobernanta, cambiadas de cabo a rabo, puro chisme. Y no es que a su madre le importara, que no estaba en cosas de ese mundo, ni a su padre, que normalmente ni estaba, pero a ella sí. Amalia aborrecía que su nombre se mentara en bocas ajenas, de ahí que se mostrara tan retraída: nunca iba a acostumbrarse a las explicaciones que daban en el pueblo a la extravagancia de su familia, cuando nada había que explicar.

Comió tarta, respondió con evasivas y otras preguntas, que se le daba bien, y en diez minutos ya estaban las dos arriba. Bueno, ¿y por aquí, qué? Por aquí, ya ves. Y además de nada, ¿qué has hecho últimamente? Fui un par de veces a eso de la academia, pero lo he dejado, porque empezaban a meterse con mi aspecto: que me cortara el pelo, que tenía que engordar para que me cayera bien el traje de azafata, que si había de pintarme de aquel modo... total que les di las gracias y me fui. ¿Y entonces? Estoy esperando a ver si me sale un trabajo del que me hablaron.

La conversación no tenía mucho futuro por tales derroteros, así que empezaron a hablar de asuntos comunes, algunos banales, hasta llegar a lo que más les gustaba: que Ana aún estaba a vueltas con el existencialismo francés aunque, en realidad, ya poco leía. Pero hija, ¿no te pasó?, llevas dos años en lo mismo, hay otras cosas, ¿no será que te estás abandonando, Ana? Que Amalia en cambio estaba leyendo escritores norteamericanos, muchos de ellos mujeres, que le dejaría libros que había traído, que tenía una asignatura muy interesante de Literatura extranjera y que y que... Y no era por darle envidia, y sin embargo la daba, hablando de sus hallazgos a un ritmo endemoniado, hasta que ya embalada se atrevió: ¿Y tú con Jesús? Con Jesús la cosa había ido a muerte, y Ana lo llevaba tatuado, en los brazos, cubiertos pese al calor, en las muñecas, tapadas con cordones y pañuelos hechos una maraña, en la mirada apagada, en la piel tan pálida para el buen verano que estaban teniendo, y en aquella transpiración química que Amalia notó nada más rozarla en el abrazo de llegada.

Resulta que a Jesús se le habían acumulado las desgracias, que suele ocurrir que una llama a la siguiente. Su hermano mayor, Chente Cainzos, casado con una de las de la Ripa, la Milagros, que eran todas iguales, sobre todo en lo sucias y desastradas, dedicadas a la limpieza todas ellas, había aparecido muerto hacía tres meses dentro del coche. ¿No te enteraste?, hija Amalia, lo supo medio mundo. Lo encontraron encerrado y con el motor encendido en el galpón de atrás de la casa familiar, que compartían los tres hermanos, sus familias, cinco perros y los fantasmas de los padres muertos. Una lástima de chico, que dejaba mujer y dos hijos, con treinta y tres años, por Cristo bendito. La mujer, que nunca había tenido buen convivir con los Cainzos, se apresuró a llamar al cura y a urgir un entierro que tuvo lugar a menos de doce horas del fallecimiento. Comentaban en el pueblo que a saber cómo lo hizo, y lo decían con mucha retranca, que al cura ya se le conocían algunas, y además en casa del cura servían las Ripas, una o varias, porque hasta el trabajo se prestaban las hermanas. Aquello del entierro apresurado iba contra la ley y los mandamientos de la Iglesia Evangelista, que aunque ella lo repudiara, era el rito que la familia Cainzos atendía, así como medio Caeiro: religión heredada de los antiguos asentamientos de las escuadras navales británicas en la bahía, durante las guerras del XVIII.

Enterrado el muerto, empezaron las sospechas, sobre todo porque la Ripa también se apresuró a reclamar la tercera parte de la herencia: una república independiente para ella y sus dos hijos. Jesús y el segundo de los Cainzos nunca creyeron que su hermano se hubiera quitado la vida. No tenía motivo, decían. Más bien acusaban a la cuñada de asesina, sobrenombre con el que la mujer cargaría el resto de sus días, Ripa la asesina, fuera aquello fábula o verdad.

Nadie se atrevió a mover el cadáver, porque andar con los muertos impone respeto, pero a la gente le faltó tiempo para dar fe a la versión más macabra. Jesús y el segundo de los Cainzos no tenían de dónde sacar el dinero que exigía la viuda de su hermano, y de papeles y poderes no entendían ni una letra, así que metieron por el medio a Anita, que al menos tenía estudios de bachiller, y además era muy leída. Entonces ella se vio envuelta en un aluvión de abogados y notarios, acusaciones e insultos tan aberrantes que ni imaginaba que existieran.

La Ripa Milagros se presentaba en la casa con el padre, un hombretón grande y aún fuerte pese a la edad, bestia como ninguno, amargado de por vida con la descendencia numerosa y toda femenina que tuvo. El padre se hacía acompañar por un sobrino mocetón y, una noche, llegaron a las manos: asistió medio pueblo, alertado con los berridos que Ana dio a la puerta de la casa: ¡Se matan, que se matan! —Ana con un susto de muerte. A Jesús le rompieron varias costillas, al segundo, el tabique nasal, y el patrón por su parte quedó sin una falange, seccionada por los dientes de Jesús, bueno era Jesús, y a su hermano nadie lo tocaba si él estaba delante.

Después del relato de Ana, cayó el silencio en la habitación. Y ella misma para romperlo: Eso es lo que he estado haciendo todo este tiempo, no quería contártelo, pero tanto preguntas que… Amalia sólo supo decir lo siento, y sugerir que salieran a tomar algo: *Caeiro la nuit*, dijo, que sonó muy tonto, porque estaba volada y no sabía qué decir. Aquella historia le parecía remota hasta la irrealidad: no la hubiera creído si no fuera Ana quien la contaba, qué bárbaros.

En el primer bar Amalia notó que algo sucedía, la gente la saludaba con curiosidad, porque venía de Madrid. Sin embargo a Ana la miraban de soslayo, con desconfianza. ¿Cómo te fue, Amalia?, y en cuanto se daban la vuelta hacían corrillo. Eso no le extrañaba, extraño sería que no comentaran. Pero sintió en sus miradas y en sus roces una dureza nueva hacia Ana, la niña que había sido el primor de Caeiro: hija con posibles y más mundos que ninguno de ellos, aunque fueran de pura literatura, y al mismo tiempo con tanta querencia al lugar, que cuando bajaba de su fantasía gustaba de hablar con la gente y contaba cosas bonitas sin reparar en quién la iba a entender allí.

Los sucesos de ese último año habían enrarecido aquel idilio entre Ana y el pueblo, y como aquella gente no tenía miramientos, respondía tan elemental según las cosas venían: *Anda metida na merda* —decían. *Láaaastima de nena.* Los padres supieron pronto de las andanzas de su hija con los Cainzos, menuda familia, pero confiaban en ella, no era su costumbre imponerse. La madre le hacía preguntas, pero no dudaba de la buena voluntad de su hija. El padre prefería escuchar y opinar lo imprescindible, y de tanto escuchar las entendederas se le habían hecho inmensas, como largas y pingonas se fueron poniendo sus orejas con la edad. Así que los dos soportaban con paciencia a los correveidiles que paraban frente a la casa para comentar en alta voz. Por aquel entonces, la terracita que formaba el chaflán de los Baamonde empezó a ser punto de gran interés entre los relatores del anecdotario de Caeiro. No lo hacían con mala sangre, la gente hablaba, muchas veces sin decir nada, de algo tenían que hablar: *Sei que anda neso da droja* —en una lengua imposible, surgida de la nada para parecerse al castellano. *¿Droja? Non, dis que se din droga, ga, ga, ga, droga. Qué va muller, qué dis, ¿cómo din que e?* Droga. Y así con todo, temerosos del habla.

En el segundo bar que entraron se toparon con Jesús, enfurruñado, sentado solo ante un vaso estrecho de cerveza sin espuma, haciendo alarde de una pesada espera. Y sin embrago, siguió sentado cuando las vio. Amalia pasó por alto el desaire y le dio dos besos y le dijo, Siento lo de tu hermano. Gracias —entre dientes: no tienes por qué. Pidieron dos tazas de vino en la misma mesa y alguien se acercó a saludar a Amalia. Mientras ella repetía el breve parte, sin interés alguno, por el rabo del ojo vio que aquellos dos empezaban a discutir en voz baja. Él estaba alterado, evidente, alteradísimo; y hasta era comprensible: pobre hombre de vida aciaga. Y a los pocos minutos salieron fuera porque la cosa iba a más y ya él le había levantado la voz.

Estuvieron un buen rato en la puerta, Amalia veía gesticular a Jesús, haciendo grandes aspavientos, moviéndose nervioso en recorridos cortos de aquí para allá. Ella quieta, de brazos cruzados, y en cuanto abría la boca, él se enfurecía aún más y levantaba el brazo derecho en un ademán repetido y violento, convulso, zas, zas. Al poco entró Ana, sola: Deja que se vaya —le dijo, sin que Amalia preguntara nada: no hay quien lo aguante cuando se pone así. Amalia intentó razonar para sus adentros que la riña habría sido por el asunto de la viuda, que debía de traer de cabeza a Jesús y al segundo de Cainzos, pero sospechaba que no era ése el motivo, no exactamente: la crispación de él era muy anormal, y ella arrastraba tal laxitud.

En el tercer bar volvió a aparecer, sosegado y calmo, allí no había pasado nada: entró, le dio un beso a Ana y pidió otra cerveza en vaso estrecho y largo. Mientras

72

ellas dos hablaban, cada vez más animadas y tontas, cada vez de cosas más simples que les hacían reír, y a medida que el ruido del local se saturaba, por la hora, que era la del carajillo después de la cena, Jesús se iba abandonando al cabeceo. Reclinado hacia delante en la silla, parecía siempre a punto de caer. Mas toda vez que atravesaba la línea del equilibrio, un resorte se le accionaba irguiéndolo como a una marioneta. Sonreía si acaso y volvía con la misma a reclinarse, los ojos entornados, a medio cerrar, y un sopor.

Pronto se retiraron, Amalia tenía encima el cansancio del viaje en coche y Ana aprovechó para decir que no se encontraba muy bien: Tengo el período, dijo. Y Amalia: ¿Vamos mañana a la playa? ¿A la playa? —Ana extrañada. Claro, ¿ya no vas a la playa por las mañanas? Me aburre, además tengo cosas que hacer, si quieres ven a casa a tomar el café, ya sabes, en la huerta sigue la tertulia de todos los veranos y las siestas debajo del árbol; mi madre y las tías encantadas de verte. A Amalia lo de la tertulia y las tías de Ana le resultaba insufrible, y Ana bien que lo sabía, y ahora ¿a qué venía aquello? Cosas, menuda ocupación: que ella supiera, Ana no hacía nada en todo el santo día. Así que insistió: Pues yo te veo muy blancucha, estaría bien que te diera un poco el sol. Bah —fue todo lo que dijo.

Tardaría aún varios días en desencantarse: que Ana no era la de antes. La distancia había enrarecido la amistad, o sería aquel suceso inaudito de los Cainzos, o sería otra cosa. Pero Amalia no iba a admitir que fueran sus estudios en Madrid. Lo cierto es que bajaba al pueblo y no la veía, la buscaba y nada, hasta fue dos o tres veces por su casa, y la Eulalia: Salió. ¿No dijo adónde iba? *Ay, pois non.* A aquella mujer, ni muerta le sacarían un asunto *da sua Aniña.*

Así fue que Amalia se vio sola. No tenía otra que encerrarse en la casona, entre libros, ignorando la demencia de su madre, que crecía, o arrimarse a algún ejemplar sufrible de veraneante, que a la segunda tarde ya no acertaba qué decirle. En aquel pueblo, algo había pasado. La pandilla entera desbaratada, esfumada casi, invisible, y ella tenía la impresión de que a casi todos les estaba ocurriendo lo mismo. El fin de semana llegaría Antoñito, que seguro traería un plan urdido para mandarla lejos de allí. Amalia se empeñaría en contravenirle, como siempre, pues a pesar de todo sentía levemente cómo recuperaba aquel lugar, ahora solitario, suyo. Además, nunca entendió del todo la manía de su padre por empujarla a esa suerte de exilio, lejos, como si de ese modo pretendiera ser más libre, o quizá justificar, con tal desvelo, pasajes de su vida que no se mencionaban.

Llamó la señorita Ana, la espera *na casa.* Bien, al fin daba una señal: una de aquellas notas marrones, escrita por la Pamelia como buenamente podía, que para eso se ocupaba la gobernanta de leer cuanta revista asomaba por la cocina, por mirar cosas del mundo y aprender de paso el castellano urgente.

Se puso unos vaqueros y bajó a verla. Cuando llegó, Ana estaba en su cuarto, enredada con unas notas y unos libros que guardó a toda prisa en cuanto oyó que alguien empujaba la puerta. Había llorado e intentaba esconderlo, y Amalia notó que las manos le temblaban. ¿Te pasa algo, Ana? Nada, no me pasa nada. Amalia hizo también como si nada. Aprovechó en cambio para decirle que había bajado a buscarla varias veces, que no entendía dónde se metía en aquel pueblo tan pequeño, que ella no quería que la consideraran una estirada, pero que no comprendía lo que estaba ocurriendo allí y que por eso se había encerrado en Santa Amalia: En fin, que me alegro de que me hayas llamado, le dijo.

Ana le respondió hilando un discurso que sonó como una declaración de intenciones: le dijo que el asunto de los Cainzos se había complicado y que, si bien la cosa no iba con ella, ya podía imaginar que aquello la tenía muy alterada, que el suceso también había complicado las relaciones con su novio (novio, dijo Mi novio: posesivo), y que finalmente pensaba que lo mejor era dejarlo por una temporada y responder a un trabajo que le habían ofrecido, en una librería que abriría el próximo otoño en la ciudad, especializada en literatura gallega y portuguesa. La librería era de un señor que Amalia también conocía: Raimundo Outeiriño. ¿Quién? Sí, mujer, aquel que traía los pedidos de libros a la biblioteca del colegio y que se hacía el encontradizo para tomar un café. Amalia no lo recordaba bien, pero con la noticia le pareció ver el cielo abierto.

A continuación fue al grano: en realidad no la había llamado como reo arrepentido, de eso nada, la había llamado por si le apetecía acompañarla a una fiesta que había esa noche en casa de Caíto, el de Curmá, que celebraba su 25 cumpleaños; además, era sábado. Amalia volvió sobre sus propias palabras: No quiero que me consideren una estirada, no entiendo lo que está ocurriendo aquí —pensó que de vez en cuando debería ser más cínica. Caíto, otro que tal, de los que habían desaparecido de la circulación común, sumergido en laberintos pringosos y negocios de vete a saber qué. Amalia se lo había cruzado ya un par de veces en la carretera estrecha que subía a Castro, quemando las zapatas de aquel 1.430 azul marino, el vehículo emblema. Él ni la había saludado, ni un gesto con la cabeza hizo, y seguro que al menos el primer día la había visto por el espejo retrovisor, clavada en la cuneta por el susto que le dio el coche, y luego al instante, parva ella, diciendo adiós con la mano levantada. El segundo día lo reconoció al vuelo y ni siquiera alzó la vista del camino, hasta que oyó el tubo de escape lejos; tan amigos habían sido de niños: esas cosas la entristecían.

Tomó aire: Vale, voy contigo, le pedimos el coche a Joaquín. También era que empezaba a hartarse de andar sola allá arriba, en la inopia todo el día: le sentaría bien un paseo al mundo. De cualquier forma, hubo algo que le dolió a Amalia, porque estaba segura de ser una pieza de trueque, que Ana la estaba cambiando por Jesús, a las conveniencias. Habría reñido con él, sin duda, y Amalia no quería alegrarse pero si había de ser sincera la circunstancia le parecía estupenda. Luego recordó lo que siempre decía su padre: Un noviazgo es cosa de dos, nunca te metas. Él lo decía para cubrirse las espaldas, por si acaso, pero tenía razón el maldito. Y sin embargo, Amalia deseaba tanto ver a su amiga olvidada de aquel patán… su novio: luego su padre que dijera lo que quisiera.

Camino de la fiesta, enfilada ya la cuenca del río, modernas las dos a rabiar, pues pocas ocasiones tenían de vestirse, Anita confesó: que ella y el novio habían discutido, sí: Muy fuerte —matizó. Que estaba saturada del veneno que destilaba Jesús, que crecía a medida que se amontonaban los papeles del banco, el abogado y la notaría: Maldita pécora —escupió. La pécora era Ripa la asesina.

Total que de nada serviría su compañía ni sus buenos propósitos y menos aún sus ilusiones, porque el primero que apareció a recibirlas fue el novio despechado, antes ya de entrar en la casa, que Amalia entró sola, como era de esperar.

No sabría decir cómo había sucedido. Fue entre copa y baileteo, que apareció en uno de los cuartos cerrados de aquella casa desapacible, rezumante de humedad a orillas del río. Agitados y felices los que allí estaban, contaban y hacían partijas, y alguien le ayudó a *ponérserlo*, como en un rito de cariño. Luego en la memoria difusa del día siguiente, Amalia enhebró su dolor de cabeza con la discusión que había oído sin poder atender, sobre las dos únicas hipodérmicas que tenían; y recordó que la gente pedía turnos, y hasta recordó un número: eran trece. ¡Os dije que fuerais a la del puente!, voceaba Caíto, el anfitrión. Sí, y allí tampoco nos dieron; baja tú si te crees tan listo. No, hombre, a mí me conoce la farmacéutica, la muy puta no me da ni aspirinas: No teeengo. Mira, hay estas dos, a ver lo que duran.

No se conocía entonces otro temor, como mucho rondaba el fantasma de la hepatitis, la B, que era la dura, la que delataba el contagio parenteral. Debieron durar las jeringuillas, porque se *pusieron* todos, de un *algo* que los tenía alucinados porque era bueno bueno, recién llegado de *Amsterdám*, con acento fuerte en la a, como pronunciaban los entendidos.

Ella hilaba, desgranando lo ocurrido, tirada en la cama de Ana, que la había encontrado en casa poco después de la santa comida de domingo. Y Ana percibió al vuelo que andaba agobiada: Por dos veces en tu vida no te va a pasar nada, le dijo. No, si quien me preocupa eres tú, mujer, que estás hasta el cuello en este lío. ¿Entonces por qué me seguiste?, te podías haber quedado bailando y bebiendo whiskies o sangría. Ya te he dicho que yo no soy una estirada, que estoy donde haya que estar.

Amalia no tenía miedo a nada, todavía no sentía más temor que aquel que le inspiraba su propia cabeza y la demencia progresiva de su familia en la rama de los Serantes. No había más que mirar para su madre, o a la tía Dulcinín, prima hermana de la madre, hija del tío Marcelino de la República Dominicana, casada con un español y vuelta a la patria chica. Dulcinín siempre tan arreglada y limpia, que cuando alguien entraba en su casa sólo veía las huellas de los zapatos en la tarima reluciente; y le obsesionaba, y clavaba la mirada en el suelo y no hablaba hasta que la fiel Manola, sabiéndolo, venía con la mopa. Y si no venía porque a lo mejor estaba de libranza, iba ella y la cogía y dejaba a quien fuera plantado sobre una alfombra y se ponía tris tras a limpiar el parqué. Así consiguió que todos los hijos se le marcharan de casa, porque peor era con ellos, que no les dejaba tocar nada y para que no tocaran cubría los aparadores y las mesas con sábanas blancas. Y ellos ni salían de la habitación, que era el oasis, donde la madre no entraba porque sólo de asomarse a la puerta le daba el síncope y hasta se caía cuan larga era en el pasillo y luego había que reanimarla poniéndole un puñadito de sal bajo la lengua. Eso si no le daba por morder, porque a veces la rabia iba a más, y después del soponcio venía el telele, echando espuma, a dentelladas como una epiléptica. Un futuro encantador el de aquella santa familia.

El enfado de los novios había durado un santiamén. No, si ya se sabía. Y juntos quedaron para el amor y la bronca, y la ansiedad, y luego para esa calma plácida que les entraba. Porque nada más empezar la semana, Amalia iba ya camino del aeropuerto con equipaje para dos meses, que Antoñito había llegado ese mismo sábado por la tarde con un plan a punto de caramelo. Era en Oxford, para estudiar Literatura británica. El señor Corvalán se relacionaba muy bien, y en círculos universitarios se lo habían recomendado, y él, a golpe de favores, lo tenía todo resuelto a falta del sí de su niña, que se cabreaba, pero que luego recogía velas y aceptaba porque las propuestas solían ser buenas, y ésta vaya si lo era. Y allá se fue a leer y comentar.

Cada una por su lado: Amalita con sus libros en inglés y Ana, en un arrebato de lucidez y suerte, a vender libros, en gallego y portugués o traducidos. Se escribían, para mantener la amistad que había peligrado, y también para cultivar el género epistolar que les gustaba a las dos. Y un día, habían pasado ocho meses, Amalia recibió una carta en su pisito de Madrid que le sonó como el grito de quien se ahoga arrastrado en la corriente.

Querida Amalia, no puedes imaginar lo que me cuesta arrancar a contártelo, porque no quisiera preocuparte;

pero el caso es que no tengo a nadie más a quien confiarme. Todo este tiempo te he estado hablando de lo bien que va la librería y así, sin atreverme a mencionar el asunto que ya sabes: yo misma he tratado de no darle importancia. Pero siento que ha llegado el momento de hacer frente a la realidad. Llevo dos meses luchando conmigo misma para dejarlo, y por el día aún lo dejo, me pongo muy nerviosa, pero me tomo algún rophinol y me voy al trabajo, y tiro hasta la tarde, con ansiedad, y a veces lo consigo. En cambio por las noches es como si me transformara, Amalia, no sabes lo horrible que es. Llego a casa excitadísima, y le grito a los viejos, y el otro día le tiré un plato de caldo a Eulalia que le dio en toda la cabeza, nadie dijo ni palabra, y ella limpiándose el pelo de grelos, chorreando, y luego yo estuve llorando en el cuarto y cuando me repuse salí corriendo, y Jesús me estaba esperando y, claro, vuelta a lo de siempre. Amalia, la verdad es que no fue un día: es la misma faena o parecida que se repite todos los días desde entonces, desde que me entró el miedo, y hay veces que consigo no meterme hasta las nueve o así, con las pastillas, ya te dije. Íbamos por el gramo diario entre los dos. Bueno, un poco más. El gramo me lo metía yo casi todo, porque Jesús siempre tiene algo apalancado para él que no lo cuenta, así que me dejaba más a mí, para tenerme contenta. Y si no le tiro el caldo a Eulalia, pues el otro día le pegué a mi madre. Ay, no sé cómo pude, sólo porque me chilló por haber quemado con el cigarro la colcha de ganchillo de la abuela. Es que ya he quemado no sé cuántas sábanas, y dice mi madre que cualquier día tenemos un incendio en la casa y ardemos todos dentro. Y las dos nos enzarzamos, y me dijo unas cosas, que hasta habló de verme muerta. Y ni un sólo día consigo ir para la cama sin meterme, al menos para ir tranquila y dormir y levantarme al día siguiente, porque si no, no duermo de la ansiedad: ni uno ni dos rophinoles, a esas horas ya nada me hace efecto. Amalia, no puedo con esta historia, no puedo más. Está muy bien lo de la librería, y todas esas cosas románticas que te escribí, porque el Outeiriño es un tipo estupendo y además está en la nube: no ve más que por mis ojos, no se entera; pero yo no puedo más. Va para dos años, y creo que se me agotan las fuerzas. Entérate de si hay algún sitio donde puedan ayudarme a salir, estoy dispuesta a lo que sea. Bueno, tú mira un sitio que esté bien, que yo confío en lo que tú busques. Los viejos ya lo saben, aunque yo se lo niego siempre, así que sólo sería cuestión de reconocerlo y decirles que la solución es hacer una cura o algo así en ese sitio. Ay Amalia qué miedo tengo. Aquí con Jesús yo no puedo hacer nada, lo quiero tanto. Nos matamos, Amalia, nos vamos a matar un día.

Joder, tiene que estar fatal —y Amalia ya no pensó otra cosa. Ese sitio, decía Ana. Pero ¿qué sitio?, demonios, ¿me lo invento? Enloquecida empezó a buscar una clínica o un médico o algún programa de rehabilitación. No era tan fácil, se empezaba a saber de algunos centros, pero la mayoría tenía mala prensa: hacían su negocio y la gente volvía al asunto nada más salir. No tenía ni idea, Amalia, tan poca idea tenía, que lo mejor le pareció la clínica de un psiquiatra famoso, de familia toda de loqueros, García Contreras, doctor Francisco García Contreras. No hubo más cartas: llamó a Anita por teléfono y trató de apaciguarla, fue a la clínica, pidió información, dio informes, habló con los señores Baamonde y, sin conceder más tiempo, que nadie se enterara, se presentó de incógnito en Caeiro: una mañana oscura de las que no levanta. Se trajo a Anita a Madrid, a un barrio bueno de la periferia, calle Somosaguas sin número.

Entró en la clínica una tarde de marzo, con la lluvia cayendo sucia en Madrid. Amalia la llevó directa desde Barajas, con un síndrome que ella nunca hubiera imaginado. Fiebre tenía, convulsiones, la cara amarillla, ni hablaba, sólo lloraba, temblona, y cuando cubrieron rápidas los trámites de entrada, y Anita marchó por aquel pasillo blanco acompañada a ambos lados por dos enfermeras finísimas, a las dos amigas les dio un ataque de terror. Ana se fue entre sollozos y espasmos, convulsa y rígida del miedo, inocente aún de lo que venía. Amalia, con la duda clavándole en el alma como una punzada, dolorida.

Cuando seis meses después salió por aquella misma puerta, aún llevaba el horror escrito en sus facciones, hinchadas pese a las ocho semanas de adaptación que le habían aplicado a modo de balneario desde que terminara la tortura. Y con el paso de los días, y las preguntas imprudentes de Amalia, y los sueños que contaba al levantarse porque le había quedado la costumbre de revelarlos en las terapias, empezó a tejer un relato que sólo era comparable a cierta historia que las dos habían visto en el cine y que luego además leyeron en novela, tan asombradas les dejara. La historia se leía del tirón, era de un escritor británico muy cristiano que, en la creencia de padecer un tumor cerebral, había confeccionado en un solo año seis novelas que asegurasen su futuro eterno. Y una de aquellas novelas hablaba de la transformación fatal de un delincuente, el *veco* Alex le llamaban en el libro. En cuatro capítulos contaba aquel señor como al *veco*, o sea al chaval, le estirpan el placer de la violencia atado a un silla, sujetos los párpados y sometido al efecto hipodérmico de un antídoto que se acciona con las imágenes de violaciones y asesinatos indecibles, produciéndole reacciones dolorosas que los doctores controlan a través de sensores que miden el miedo, que crecía hasta dejarlo al límite del colapso cardíaco y de la locura, o tal vez traspasado éste.

Las primeras semanas en la clínica le absorbió un sueño profundo e inducido del que Anita despertó sin una noción clara de tiempo ni lugar. La ansiedad mitigada por barbitúricos, reducida a un estado vegetativo que sin embargo no impidió iniciar la segunda fase del tratamiento, que consistía en obtener información de su pasado: un arma definitiva. Y ella había colaborado al máximo porque aún recordaba que estaba allí por su voluntad, y cuando se le olvidaba, venía una de aquellas batas blancas y le hablaba con dureza repitiéndole con más crudeza aún lo que ella misma acababa de relatar, hasta que la paciente pedía otra vez el auxilio: era verdad que estaba mal, que venía escapando del infierno y tenía que confiar, todo aquello se lo hacían por su bien.

Cuando los doctores consideraron que tenían información bastante, pasaron a la acción.

La tenían debilitada. En lugar de haber recuperado alguno de los diez kilos que había bajado en los últimos dos años, la dieta exigua del hospital le hizo perder aún más, al tiempo que la inactividad absoluta reblandecía sus músculos ya antes deficientes. Según pudo saberse por los informes que después Amalia exigió a la clínica con el consentimiento del señor Emilio Baamonde Carral, la tercera fase comenzó dos meses después del ingreso, mediado el mes de mayo; pero Anita no recordaba haber visto ninguna luz ni primavera: el tratamiento se hacía en un espacio interior y prácticamente a oscuras, iluminado apenas por las desagradables imágenes de un proyector en una cámara de horrores versión sofisticada.

Vestida con una batita ligera que permitía a los médicos y enfermeras hurgar en su cuerpo desnudo, palpaciones que a ella le llenaban de vergüenza porque se sentía Ana como exhibida, y calzada con unas pantuflas de fieltro, aséptico todo, blanco muy blanco, como en la antesala de una pena de muerte por inyección letal, la paciente 221B era conducida todas las mañanas en silla de ruedas desde su cuarto de reposo al laboratorio terapéutico situado en el sótano del hospital, donde nada del mundo exterior podría filtrarse.

El estado de 221B era muy deficiente, la paciente se encontraba además bajo los efectos hipnóticos de una sustancia sin nombre, maldita sustancia que en cualquier momento podía activarse y dar un susto. La silla ortopédica permitía también que toda su atención, cerebral y física, se centrara en el tratamiento; y le hacía además sentirse incapaz, consciente de la situación lamentable a la que había llegado procedente del pasado podrido.

No sólo a la cámara iba en silla de ruedas, Ana no dio un paso durante varias semanas, la atrofia le impedía olvidar su pecado y al mismo tiempo ayudaba al tratamiento haciéndola dependiente y debilitándola hasta el límite que los médicos controlaban. De hecho, el día que la levantaron y le hicieron desfilar entre aquellas barras para rehabilitación de parapléjicos, los muslos no la sostenían, y las rodillas se le doblaban como las articulaciones de un pato cuando echa a andar.

También a Ana, como al *veco* Alex, le sujetaban la cara, reposada la mandíbula en un poyete como el que se emplea para radiografiar el maxilar; sujeta también de brazos y piernas a un sillón reclinable que ella no accionaba; los ojos abiertos al máximo, con unos broches/ventosa que le aplicaban sobre la piel de los párpados subiéndolos a la altura de las cejas; sensores repartidos por el corazón, la yugular, el bajo vientre, la boca del estómago, y otros que salían de una especie de gorro de latex que cubría su cabeza, el pelo rapado para no estorbar.

Los cables medían la reacción neuronal de 221B, o sea el pánico, el dolor abdominal, los calambres, las taquicardias, las arritmias, las náuseas de Anita cuando contemplaba las lindezas de la pantalla, que corrían al ritmo de músicas bien queridas de ella. Al sonido de *Coney Island* aparecían las imágenes de un grupo de chicos y chicas preparando un *buco dabuten*, un *speed-ball* debía de ser aquello: para mayor verismo, mezclaban un polvo escamado, gris perla brillante, con otro opaco y parduzco. Y sólo de verlo comenzaba la pulsión y el empuje del vómito. Se lo metían los chicos por la vena con los acordes de Peter Gabriel llamando a *Vico*, que sonaba con los graves saturados; fumaban *porros* e intentaban bailar hasta que la cabeza se les vencía, colgándoles la cabeza como de un hilo enganchado a la nuca, y el filtro de cartón del *porro*, colgando también, les quemaba los labios ya abrasados. Entonces la pantalla cambiaba a unas formas de colores de mucha psicodelia con música de Split Enz y los B´52, como un caleidoscopio transformando veloz sus figuras. Después volvían a aparecer las imágenes de los chicos distorsionadas por ordenador, la música chirriaba ya y de golpe retumbaban sonidos siniestros en una especie de *mix* entre Joy Division, Bowie, Stranglers, y también The Cure le pareció oír; y las bocas y las caras enteras iban desfigurándose en muecas de dolor, y la banda se mezclaba con alaridos que salían de sus gargantas, y a Ana la garganta le rascaba como una lija y el vómito era sólo bilis porque le tenían el estómago vacío y los intestinos vaciados con lavativa, porque el esfínter también se le iba. Y así hasta que a aquellos chicos reconocibles se les abrían las barrigas y la cámara se hundía en ellas como un aspirador, o les estallaba el pecho en un surtidor de vísceras, las cabezas contorsionadas en ángulos imposibles: todo un vídeo de creación terapeútica. Las jornadas de cine, variaciones sobre el mismo tema, la dejaban fuera de juego, que ella quedaría para siempre así, cosas de la vida.

Terminada la sesión golfa la devolvían al cuarto, como en clausura: a solas con sus pesadillas recurrentes, con bichos negros escurridizos y otros verdes y viscosos; y ella atada, siempre atada, el estómago en un puño, el alma que ya no sentía. Poco a poco fueron reduciendo las dosis de aquel antídoto que le cambiaban cada semana en forma de cápsula metida bajo la piel, hasta conseguir que 221B tuviera la misma reacción de miedo ante las películas, pero ahora, De una forma natural, decían. Y entonces dijeron que habían logrado arrancarle el placer de la droga. Y ella, como vacunada por aquel antídoto que le producía un dolor indecible: ¿Será esto así para siempre?, se preguntaba; y sus preguntas la enloquecían.

Llegó el verano con los calores sin piedad que aprietan en el Madrid mesetario, y fue por esas fechas más o menos cuando a Ana le dieron el alta en la fase aguda. Le restituyeron el chándal, que ahora era otro de tela más fina, y unas zapatillas con suela de goma; y volvió a caminar. Más difícil fue devolverle el valor para soportar otra presencia diferente a los tres rostros medio cubiertos y en penumbra que le acompañaran durante todo el tratamiento en fase 3B.

El cuarto proceso empezó en la planta dos del hospital, con comidas que paulatinamente se iban haciendo opíparas, cucharas rebosantes, formas romas que le dejaron el único recuerdo no doloroso de aquel centro; sesiones de fisioterapia, conversaciones más bien mudas con un psicoterapeuta y sueños profundos que fueron recobrando una calma no del todo normal. Luego la cura se fue extendiendo a las instalaciones exteriores, con piscina y cancha de tenis que Ana nunca pisó. Así, hasta llegar a los cien metros de acera que circundaban tres de las fachadas del edificio.

Caían ya las primeras hojas bajo el cielo quemado de la sierra, cuando Ana empezó a ser consciente de aquellos temblores incontrolables a la vista, lejana siempre, de chicos en moto rompiendo la quietud de un pueblo indiferente en la periferia de Madrid.

Quedó un tiempo allí, en el apartamento pequeño de Amalia, sin más orientación que su suerte, encerrada al principio, porque hasta el portero que subía a por la basura le aterraba. Y fue por su propia voluntad que empezó a asomarse a las ventanas, a preguntar cosas del mundo y también a contar, componiendo un relato deslavazado de lo que había padecido. Entonces pidieron los informes a la clínica. A mí, Dios me libre de juzgar, Emilio, pero yo creo que hay cosas raras, que le hicieron cosas raras a Ana —Amalia indignada. Con la buena fama que tiene esa familia, todos médicos. Recibieron un informe exhaustivo, lo leyeron y, si no fuera porque estaba escrito y firmado, no lo hubieran creído nunca, porque nunca imaginaron que en aquel hospital de prestigio pudieran hacerle tanto daño a Ana.

Durante el tiempo que había durado la cura, el señor Baamonde, que figuraba como responsable, que sólo se admitía a un responsable por ingreso, había recibido información regular: Su hija responde bien al proceso de reeducación. Y él, O sea, que a Ana la enviamos a Madrid para que la vuelvan a educar, ah —era lo único que el bueno del señor Emilio entendía de toda aquella palabrería que le soltaban cada vez que llamaba a la clínica. Las conversaciones con el portavoz médico eran más que nada monólogos superpuestos; ellos le hablaban de fases (¿Y ella nos echa de menos?, ¿se encuentra sola?), de reacciones de la conducta (¿Y ya está más fuerte?), de mutaciones maldita sea que nadie entendía (¿Y come bien?), con palabrotas para que nadie entendiera: ¡Pero yo cómo iba a saber!, lamentaría luego el señor Emilio.

A Amalia, y a cualquiera que hubiera intentado comunicar con Ana, que si alguien lo intentó tampoco se supo, le respondían toda vez con una fórmula invariable: Lo sentimos señorita —o señor en cualquier caso: pero sólo nos está permitido informar del tratamiento a la persona que figura en la ficha, don Emilio Baamonde Carral. Pero, oiga, sólo quiero saber si... Buenos días.

Oiga… Muy amable, siempre a su disposición. Clic. Al señor Baamonde le explicaban que hablar con su hija suponía un retroceso en la cura, y él, Cómo iba a saber.

Un permiso firmado y enviado por correo le abrió a Amalia la verja el día que fue a recogerla: La encontrará usted cambiada, el proceso de adaptación es lento, hay que evitar un choque repentino con todo aquello que venga del pasado y… *Merda*, procesos. Una perorata de la que Amalia sólo sacó en limpio que Ana debía mantenerse algún tiempo lejos de lo que pudiera recordarle lo de antes, al menos hasta que estuviera fuerte porque, ¡Madre mía!, cuando la vio entrar en la sala de visitas, la pena que daba. A Emilio Baamonde le quedó una especie de remordimiento a vueltas en la cabeza, aunque él qué sabía, que acentuó esa forma suya de estar tan taciturna. Deja ya de repetir eso, Emilio —le espetaba la mujer. Que nadie te echa la culpa: aaah que *home*, y tú qué ibas a saber, Emilio.

Los días quedaron a su antojo, Amalia sin saber a quién pedir consejo. Y pasado un tiempo corto y vacío, en un Madrid ya gris y otoñal, le preguntó a ella, porque no iba a ir con el asunto a otro loquero y venga a urdir una nueva pesadilla. Le preguntó, y ella quiso volver al pueblo, habían pasado apenas tres semanas. Llegó cuando los vientos cálidos de la castaña empezaban a soplar.

4

Silencio

Liberado en el grito (¡Tú qué vas a saber!), el rapaz quedó callado. Los dos enmudecieron, Amalia y Jesús. Dios sabe cuánto tiempo pasaron así: la mirada puesta en ningún sitio, rendidos de una pena inmensa los dos. Hasta que él se movió, se acuclilló frente a la cama, donde la sábana emboza, y, muy despacio, porque tenía miedo, tocó su mano, luego la agarró en una caricia. Tenía miedo que despertara, o que huyera más lejos aún. Pasaron minutos y silencio. Y apoyó la cara entre el cobertor y la almohada: Ana, Aniña, Ana no te vayas. Y rompió en un llanto sordo, por que no oyera si todavía estaba allí. Amalia no miraba, reposó la otra mano de Ana sobre la cama, la mano izquierda, caliente de llevar rato entre las suyas, y tiesa. Se levantó sin ruido y salió, y no dejó pasar al viento, no fuera a golpear. Sujetó el pomo, puso un pie entre la puerta y la pared, y esperó a que calmara la corriente, y así un resquicio de luz y aire se colaba, cortando la atmósfera espesa de la habitación.

Bajó al cuarto de estar, los padres seguían en la camilla, quietos también, una mano y otra enlazadas. Y estuvo callada. Pensaba en lo absurdo de la culpa. La línea frágil que separa la mies de la miseria o la paja del forraje, el bien y el mal, la dicha y la tristeza. La muerte que todo perdona, pensó. La felicidad que se envidia, la envidia que envilece, la vileza que engrandece a los más fuertes: Qué hay de bueno aquí, a ver, qué hay, se dijo. ¡Qué hay de bueno para aferrarse tanto! Un día duro llevaba Amalia.

Jesús estaba hecho un Cristo cuando Ana volvió a Caeiro. Una hepatitis de caballo, B. Recién salido del hospital, que lo habían ingresado al borde del coma hepático. Pero en aquella casa de Cainzos, hacía tiempo que la desgracia se aceptaba como una maldición inevitable, que los tenía a todos resignados, curados de espanto. Así que nadie se decidió a cuidarlo. Tampoco a Jesús le quedaba nadie más que el hermano segundo, y la mujer de éste, que también hacía tiempo que pasaba por su lado sin verle. Y una mañana los cuentos llegaron a la casa de Baamonde, con buena intención: decían que el chico no se movía, del dolor, que unos días comía y otros, que el hermano andaba por fuera, ni eso siquiera. Allá fue Ana, hecha un brazo de mar.

No hubo melodrama, que ella no estaba para escenas duras. Pero sí mucho amor, eso sí, y ganas encendidas. Qué iban a hacer si se querían. Y no tenían preservativo, porque no había costumbre. Y a Ana no le gustaba andar por el pueblo paseándose y esquivando preguntas y miradas peores que preguntas. Y menos aún ir a la farmacia, donde encima no era bien recibida; y soltarle a doña Fina que lo que quería era una caja de Durex u otra marca, daba igual. ¿De extrema sensibilidad? Igual da, cualquiera.

Anda, mira en la mesilla de mi hermano, pero me extraña que tenga. Y ella: Menuda casa de varones esta.

No lo hicieron, no estaba la cosa para contagios. O sí lo hicieron, pero sólo a medias, dentro, fuera: Espera, sólo un poco. Espera. Quién sabe lo que pasó, débil como él estaba, que ella lo ahogaba: Ponte tú arriba. Pero mujer, si no puedo moverme, ay. Tal vez fuera aquella tarde, u otras parecidas que sucedieron, y Ana quedó embarazada sin tiempo de asumir la realidad y volver con sentido común a tomar las anticonceptivas.

Le ocurría desde niña, que la realidad le era ajena y solía apreciarla únicamente en situaciones límite. Como la que entonces se presentó, urgiendo la interrupción voluntaria del embarazo.

Cruzaron a Portugal, con la dirección que unos colegas le dieron a Jesús, para un apuro: rua de Benfica 16, Caminha. Una casa particular y dentro una partera en bata de flores guateada, haciendo limpieza en mañana de sábado; la habitación sin orear, cubierta la cama del matrimonio a toda prisa y deshecha, tiesa la colcha, pesada de suciedad: *Deita-te rapariga, ¿quantos meses?* Va para dos. Hizo que Jesús viera y entendiera todo, porque luego tenía que colaborar: *Escarrancha rapariga*, le gritaba toda vez que Ana se cerraba, recorrida por un escalofrío. Y Ana abierta de piernas, trabadas las piernas en las caderas de aquella mujer: *¡Escarrancha!* La comadrona metió y clavó una cánula afilada en la masa que se figuraba al final de aquel túnel de carne, que era el útero de Ana, débilmente iluminado por una linterna que hizo sujetar a Jesús. Y porque a él le dio un tembleque, siguieron a oscuras: *Olha, é a cabeça do feto.* Todo oscuridad. La partera agarró una jeringa grande y sorbió con el émbolo un líquido amarillento preparado en bote de mermelada de melocotón Hero, la etiqueta intacta: *É o veneno.* Luego soltó la pócima en una sonda conectada a la cánula, clavada tiesa en el feto, y cerró la operación con un tapón plástico: *Quarenta e cinco mil escudos, e agora tens que te mover*. Les aconsejó un viaje en autobús, porque las vibraciones desprenderían el feto de la matriz y así, pasadas las cuarenta y ocho horas preceptivas, una vez retirada la goma y demás aparataje, el cadáver minúsculo caería con todo su peso y su placenta. Y ella quedaría como nueva.

A ellos les pareció todo normal, excepto que en vez de autobús, habían ido en tren. *Também, também o comboio faz muito bem*. No se dijo más. De vuelta a Caeiro, pasados los dos días, retiraron la sonda y en el baño de Cainzos no cayó más que el líquido pestilente mezclado con sangre: un feto de buena raza, que había resistido. Y ella estaba como si nada; si tal, un poco mareada, pero más bien echaba la culpa al olor penetrante de aquella química de fabricación portuguesa. Mientras decidían lo que hacían, les pareció que lo mejor sería buscar un médico legal, porque menuda podía montarse allí dentro. Y buscarlo, ¿dónde?: se sintieron timados y engañados, perdidos.

Ana, embarazada pese a todo, buscó refugio en plácidas fantasías, y volvió también a ocupar sus días en la librería lusista de Raimundo Outeiriño. Su estancia en el mundo común se reducía entonces al trayecto de autobús, Caeiro la ciudad, la ciudad Caeiro: al ir compraba un periódico en el quiosco. Con todo, el viaje al mundo no duraba tanto como el trayecto ni la lectura del periódico. Antes de llegar a la parada, antes a veces de acabar las noticias, ya iba Ana perdida en su imaginación. Sin embargo, así supo de un miedo sordo, que nunca curaría, del que tampoco se hablaba.

El autobús había hecho parada en la feria: Una enfermedad nueva, la deficiencia inmunológica, causa un muerto en Sevilla: los médicos advierten contra las transfusiones de sangre y los contactos con la población homosexual. En la feria subió una buena cantidad de gente, señoras con cestos de tapas cargados de gallinas asomando la cresta, con fardos de quesos olorosos que volvían sin vender, que tal vez aún se vendieran el sábado en el feirón de Curmá. Paisanos en su mayoría mirones, acompañando a la señora, ella hermosa y él, enjuto y encogido. Y también subió un chico joven y moderno, con cazadora de cuero negro y pantalones a juego. Se le sentó al lado. A los pocos kilómetros, Ana se sorprendió elucubrando sobre el sexo de su compañero de viaje. El chico debió notar que algo inquietaba a la pasajera, porque en cuanto el autobús se vació de feriantes, pasado A Pontecurmá, arrastró sus cueros hasta el asiento contiguo, el pasillo por medio.

Otro día, en uno de esos trayectos pesados que van cogiendo y dejando gente en hijuelas, una noticia por el estilo le dio la pista a su fantasía: Varios estudios señalan que un virus es el causante del síndrome de inmunodeficiencia. Subía la gente en tropel de la playa de As Covas, señoritas chillonas a cargo de niños de colegio en jornada de excursión, los niños en un alarido, fiambreras, bolsas de nylon, cantimploras, plástico; oliendo a bocadillo de francesa con el pan humedecido por el huevo, horas transpirando el huevo envuelto, pringosos de fanta, restos de un día, fruta macerada que venía de vuelta, y un griterío insufrible, de niños con nombres literarios y estrambóticos, Bryce, Tamara, Truman, Nerea: *Estén quieta, Nerea*. Ana imaginó que todos a bordo del autocar fueran seres mutantes, víctimas progresivas de aquel bicho misterioso. Y se perdió en su cuento, la mirada lejana, la espalda erguida en el asiento, levitando casi. Se le pasó la parada: Ay nena, no cambiarás, baja que te abro la puerta; un día va a cogerme la Guardia Civil parando aquí y... baja, anda. Los conductores la conocían desde niña, a Anita, y además les gustaba. Menos gracia le hizo a Ana aquella historia del virus raro cuando, en menos de un año, la sección sobre el síndrome de inmunodeficiencia se hizo fija en los periódicos. Porque entonces empezaron a hablar de un grupo de fatal riesgo: heterosexuales toxicómanos por vía intravenosa. El virus se hizo popular. El miedo y la información corrían como el mismo virus, por canales sordos y oscuros. Nadie hablaba en claro y nadie estaba a salvo del horror, asunto divino, de Dios castiga sin palo ni piedra, que le decía a ella la Eulalia cuando se lastimaba.

Una historia, la del virus, que la tierra quiso tragarse: como otras anteriores que pasaran por allí, como ya pasara en Caeiro con aquella del bar de La Avenencia y las anguilas de Fandiño.

Corría la creencia de que el alma del asesino ahogado en las marismas de la Xunqueira, se había desperdigado entre los peces que poblaban la desembocadura de estas aguas al mar, allá por el puente de La Linda: anguilas asesinas de dientes puntiagudos que atacarían a quien se bañase en sus aguas, turbias. No había más que decir, allí nadie se bañaba, lo creyeran o no; y a quien le diera vergüenza dar fe, contaría por si acaso que al riachuelo también iba a parar la sangre de los cerdos sacrificados en el matadero y que entonces aquello era una ponzoña.

Pero en La Linda se pescaba, claro que se pescaba; y a la gente desafiante que engullía aquella carne de anguila, parduzca y tosca al paladar, el alma de Fandiño le contagiaba la crueldad, eso se decía. Por eso era que los vecinos del Lago, que así se llamaba la barriada en torno al puente, tenían carácter huraño. Aunque lo cierto es que se trataba de la vecindad más pobre del pueblo, toda ella de casitas de una planta, protección oficial y pésima factura. Sólo eso. Y junto al puente estaba el bar La Avenencia, que daba tapa de anguila y tuvo que cerrar. Eso decían, porque el matrimonio que atendía, sin hablar y sin mirarse ni mirar nada, los pies pegados a la loseta, siempre la misma, cubierta de idéntico serrín, murió o un día se fue. El bar lo tiraron. Ya nadie se acordaba.

Pues igual, igual que se señalaba a los niños de La Linda que a escondidas andaban a la anguila, con la tanza a última hora de la tarde que ya nada se ve, también empezaron a señalar en el pueblo a los grupos que serían víctimas de aquel virus que había cruzado el océano de vuelta a la tierra antigua: *Din que e unha maldición*. Y como de maldiciones, luchas denodadas contra enemigos invisibles, mucho se sabía, aquello orquestó una nueva cruzada, más feroz aún, que por primera vez haría olvidar los escarceos nocturnos de las víctimas de Fandiño.

Fue por aquel mes de primavera que a Ana le tocó pasar otra pena grande. Después de no saber qué hacer con el asunto del aborto que no fue, pasada la Navidad entrañable, aquellos padres sin querer, sin querer nada, habían decidido tener la criatura. Ana y la madre visitaron a la comadrona de Curmá, y ésta, tocando, certificó el estado de gracia de la hija, que más bien era una desgracia. De semejante padre, enseguida dijeron. Que no lo oyera la señora Aurora: La voluntad de Dios no es cosa de juzgar. El señor Emilio no abrió la boca, y entonces en la casa de Baamonde sólo se escuchaban las alabanzas de la Eulalia que se le hacía el corazón enorme viéndose otra vez metida en pañales, lavando los paños de hilo que se apresuró a rescatar del desván, que algunos, desleídos como estaban por la lejía, no aguantaron la embestida del taco contra la piedra; pero otros aún habían de servir.

Se iban a casar, pero Ana prefirió dejarlo para después de la maternidad, y quiso pasar el embarazo de soltera en la casa paterna, sin complicarse la vida y a disgusto de la madre, que hizo un pacto con el Santísimo y ofreció las novenas todas que hubo en la iglesia aquel invierno para ganarse el perdón de una hija que ni el Avemaría recordaba. Y una noche, mediado mayo, seis semanas le faltaban para las cuentas, Ana despertó en su cama de niña empapada de arriba abajo, rota la bolsa de aguas, bañada en un líquido oscuro. Llamaron a Tucho el taxista y corrieron al hospital, pero la criatura ya asomaba la cabeza cuando por fin subieron a la madre a la mesa del paritorio, entre gritos, aterrada. Murió. Peso un kilo trescientos y no llegó a los diez minutos de vida, Irene, que se fue al limbo de los justos en pecado original. Una pesadilla se adueñó desde entonces del sueño de Anita: el médico del hospital, un hombretón calvo y con gafas, le atendía en bata de flores guateada, y cuando la niña rompía el llanto primero, le clavaba una varilla en la cabeza, la punta ennegrecida como la flecha de un indio siux, y: ¿Ves?, ¿ves?, éste es el veneno que tus padres eligieron para ti —le decía al bebé, colgando por los pies de su mano izquierda. Adiós a la madre quimérica.

Ana anduvo aturdida muchos días y el tal Jesús, afanado en los preparativos de un negocio que había decidido montar con lo poco que quedaba de su herencia y su cabeza, desapareció del mapa como alma que lleva el diablo. Débil para aguantar la culpa compartida, ni asomó por la casa. El negocio era el de siempre, polvo marrón o blanco según la partida que circulara, y además había alquilado un local sobre la desembocadura del río Curmá, para montar un bar. En ésas andaba el que ya no iba a ser padre.

Quien sí llevó un fuerte golpe con la noticia fue Amalia, enredada en éxamenes y libros pero con el corazón siempre pegado a Ana, y a Irene, que ya tenía echado el ojo a un juego de barrita, cadena y pendientes para el regalo de madrina, el mismo sin pendientes si nacía Ignacio, o sea niño. Terminó como pudo la tarea que tenía, sacó un billete de tren y se presentó en Caeiro a los seis días. Encontró al llegar un alma en pena a rastras todo el día de la pista de Jesús. Y Jesús ya en otras cosas: Olvídate, mujer, ¿no era eso lo que fuimos a hacer a Portugal? La vio recién llegada, no la vio más. Estaba inconsolable, y hermética como nunca, ni siquiera a Amalia le había contado el viaje a Caminha, así que tampoco podía su amiga aliviarle aquella culpa atroz que nadie acertaba a entender bien. Son cosas que pasan, le decían. Le pasan a cualquiera. Pero ella, nada, el día y el alma enteros para dolerse de su culpa.

Sólo a la Eulalia le hizo cómplice de asuntos como la quema de aquellas sábanas azules, de la noche de aguas, que ella olió enseguida impregnadas de la pócima de la rua de Benfica; olían o lo imaginaba: Sácalas, no las vuelvas a poner, haz un fuego con ellas. No calló hasta verlas arder. O las visitas silenciadas que todas las mañanas ofrecía a una tumba imaginaria en el cementerio evangelista, porque la niña había de seguir el rito de su progenitor: tal cosa acordaran. Ana dejó de frecuentar la librería, primero porque se encontraba mal y después, porque buscó el consuelo de unos sueños pequeños y plácidos que sabía bien dónde encontrar: en la cazadora de Jesús cuando llegaba de noche, y luego ya, todo el día junto a él: asesorándole en la monta del negocio. De nuevo la absorbió una espiral de misterios y secretos.

Jesús había encontrado un galpón que ya nadie utilizaba, en una finca al borde del acantilado, margen izquierda de la ría. Propiedad de un paisano que nunca lo hubiera soñado, que alguien quisiera alquilarle aquella pocilga. Él diseñó una barra, una cocina y unos aseos, metió a unos albañiles y se metió él mismo a dar órdenes y a colocar plaquetas, y detrás de él venían los albañiles a enderezar lo que él hacía torcido; así iba, y se salió con la suya. Las casas comerciales le dejaron luminosos y máquinas de música y de otras cosas, y allí se abrió aquel refugio de vértigo, protegida la caída al mar por una verja que no se entiende cómo nadie venció en las noches de sopor e intoxicación etílica que allí se sucedieron. Algunos, eso sí, cayeron motorizados por el camino estrecho y empinado que llevaba al alto del abismo.

Amalia, que había llegado a Caeiro con billete para un fin de semana largo, desistió en su empeño de encontrar a Ana: no iba a seguirla hasta su guarida con Jesús.

Y al tercer y último día, encerrada en Castro, lo intentó por teléfono. Entre doce y media y una de la madrugada, a la quinta llamada, dio con ella: entraba en ese momento. ¿Cómo llamas a estas horas? Y Amalia: A las que te encuentro. Ya, perdí el bus de vuelta —Ana con voz lastimosa. Llamaba para despedirme. Bueno, pues adiós. Nada, adiós. Suficiente para saber: la voz gangosa de Ana volvía a contarlo todo, puede que a su pesar. La rabia no le dejó dormir, y así en vela, y ciega de impotencia, Amalia cogió el tren de vuelta a Madrid. Le hubiera gustado preguntarle qué hacía tan frágil su memoria.

El tren de vuelta se le hizo interminable. Por delante, sentía Madrid cada vez más lejos. Atrás, Caeiro; y ella, en medio de un mar de nadie: quería olvidar Caeiro para siempre. Aquel pueblo había dejado de ser para Amalia un lugar de acogida. Más bien se había convertido en un infierno, un pozo de malos presagios y noticias enrarecidas, nada bueno. Intuía sin embargo que un día volvería a encontrar lo que sentía perdido, que era su raíz. Pero no imaginaba cómo.

Lo primero que no econtraba Amalia era a la madre, vagando en las locuras de su mundo que no era de aquí, a vueltas con la quimera última.

Aquel verano injertaría flores y hortalizas, intentando ejemplares de propiedades fabulosas, como la espinaca de hierro rojo que tintada con savia de remolacha había de dar la fuerza de cinco caballos a quien se atreviera a probar sus ensaladas. De momento, empeñaba la primavera emparentado hortensias y rosas. Acabó así con todos los macizos de aquellas flores tan fragantes que fueran el orgullo de tres generaciones en la familia, que incluso habían establecido un día de fiesta en el calendario doméstico. Durante cincuenta y cinco años, sólo interrumpida por la guerra, la noche en la rosaleda congregó a las mejores familias de la comarca en torno a los arriates de rosas blancas, amarillas, naranjas y hasta malvas, todos los días treinta de junio. Todas ellas, las rosas, de textura aterciopelada y ahora perdidas.

El disgusto mayor fue para Rómulo el jardinero, primero porque anduvo de cabeza toda la primavera con doña Amalia metida en el galpón de los aperos preparando semilleros imposibles, machacando los esquejes de rosal meticulosamente separados de los pies de años pasados. Y segundo, porque así perdió el prestigio ganado con esfuerzo en su parroquia, donde eran todos primos hermanos y parientes dedicados a la flor, que trabajaban el año entero en casas ajenas y en tierra propia, para luego surtir al pueblo la víspera del Corpus Christi: la noche en que mujeres y hombres de toda edad y condición se tiraban a la calle hasta el alba a pintar y cubrir, con pétalos frescos y hojas desmenuzadas durante días, las alfombras que a la mañana siguiente pisaría el cuerpo redentor de Cristo.

Aquel año no hubo fiesta, no había rosas ni nada que festejar. En el recuerdo quedaba la fragante rosaleda, Joaquín y ella niños, llegando los tíos y los primos de la ciudad, ruido de coches y puertas, besos, notarios y registradores, el linaje y la propiedad, artistas variopintos y escritores de media pluma, y aquellos otros sabiondos que opinaban en las columnas de los periódicos locales. Y aquel verano: No habrá rosaleda, era el comentario. Venía aquello a confirmar un ocaso anunciado, el de los buenos haceres de la casa De Serantes. Sus padres lo

...i echado todo a perder. En aquella casa no quedaba sino tristeza, impregnando los muros, y conversaciones de fantasmas que a la noche se daban cita en la azotea, o en el porche lateral sobre el jardín de estilo francés y aire rancio, que olía a mirto envejecido, mirto criando telas de araña; magnolios de años, de troncos oscuros, no de flor malva y blanca que brota en primavera, no: éstos de hoja marrón casi negra; ni prunos tampoco había, ni buganvillas ni jacarandás, que tanto color daban en los jardines: Plante unos prunos, Rómulo. Pero nada. Y macizos de calas crecían, flor de muertos que resiste el invierno, impávida, con su halo fúnebre. Lo más moderno del jardín era una pasiflora que subía por la pérgola junto al pequeño pabellón de invierno, enredadera de flores sesentonas, formas psicodélicas, color amarillo y violeta, que se cierran al ponerse el sol: la última innovación lúcida de doña Amalia. Ahí se quedó el jardín: Plante unos prunos, Rómulo, cambie el mirto por unas tuyas, traiga una buganvilla y arranque el viejo leopo, que sus damas de noche perdieron el perfume. Amalita con sus ideas nuevas. Y él, mimando las palmerotas de impronta colonial, reproduciendo todos los años los mismos senderos de morrillo y las matas idénticas, y engrasando el balancín que adormeciera el amor de doña Angélica y el señorito Matías, herrumbroso, cargado de quejidos, bajo el mismo sauce llorón, las ramas desarboladas y el tronco engordado, plagado de nudos.

Amalia reconocía las voces que se citaban algunas noches, sobre todas se escuchaba a la abuela Angélica, que ponía el grito en el cielo por lo que allí sucedía. Y siempre a continuación la del abuelo, dándole la razón: ¿Pero dónde está la prosperidad?, esta casa que siempre fue referencia para obras sociales y discusiones de futuro. Eso, ¿dónde está? —el abuelo Matías como un eco. ¿Y qué es ese aparato que se cuelga mi hija de la oreja, levitando como alma en pena de un extremo al otro del corredor en las noches solitarias? Es un teléfono, mi señora, para hablar con él, que anda lejos con asuntos —conciliaba el eco. ¡Cómo un teléfono, si no lleva cable! Inalámbrico, mi señora, que ahora los hacen así. ¿Y qué tendrán que hablar a estas horas de fantasmas? Son las horas en que ella se acuerda, Angélica. ¿No duerme nuestra hija? No duerme, no, sólo a veces, para soñar. Ay, si los niños no hubieran marchado a México, esto sería otra cosa: siempre te dije que no pusieras la hacienda al nombre de la niña, que era débil, que salía a ti. Sí, Angélica, sí, debió llamarse San Jorge y San Augusto.

Y así entre lamentos pasaban la noche juntos, y Amalia los escuchaba, y los imaginaba abrazados, hasta que los ojos se le cerraban, escondida en las escaleras que daban al palomar de la azotea, arrullada por el zureo de aquellos bichos sucios.

La demencia de la madre, si bien tenía razón la abuela, que Amalia Lugrís y De Serantes nunca había sido un dechado de lucidez, se había desarrollado a ritmo febril desde la desaparición casi repentina y tan seguida de sus padres. Sucedió en su absoluta soledad, pues el marido, ya en vida de los suegros, se encargaba de la hostelería familiar oportunamente ramificada en la Costa del Sol. Y al sol pasaba la mayor parte del tiempo, dislocado, de un sitio a otro, imposible localizarlo. Y la mujer tuvo que cargar con todos los trámites: ella, que hacía más de quince años había puesto el último telegrama en correos.

Porque cuando el abuelo entró en coma la abuela quedó paralizada de la impresión, y los hermanos aún tardaron día y medio en llegar del otro lado del Atlántico y a poco cogen al abuelo bajo tierra, y así al menos tiempo tuvieron de cargar el ataúd de su padre por la cuesta que sube de la iglesia al cementerio. Y lo mismo se repitió un mes escaso después, con la abuela. Y de aquélla doña Amalia desvarió.

Echaba en falta Amalia al padre, también, que cuando era niña y él volvía de sus viajes, le traía regalos y jugaba con ella y la hacía feliz, aun de forma pasajera. Y ahora Antoñito, si estaba en el pueblo, era sólo para mover las fichas de dominó en el Avenida. Los regalos y atenciones quedaron en el recuerdo. Peor todavía era su indiferencia. Ella había intentado hacerle ver que la madre lo necesitaba, que demenciaba por días. Pero el padre repetía que era asunto de los médicos, para eso la llevaba cada tres meses a la ciudad a consultar con el psiquiatra que más cobraba: Está en buenas manos, zanjaba, porque no quería escuchar. Las manos de una vieja gloria que forraba a las amas de casa de la alta sociedad con ansiolíticos. Y encima, el padre aprovechaba toda alusión a la demencia de su esposa para recordar la historia de la bisabuela que había quedado en La Habana, echándole la culpa a la familia de la mujer y a un brote de esquizofrenia evolutiva que padecía desde tiempos remotos.

La bisabuela, Amalia también, había dilapidado buena parte de la fortuna colonial labrada por su marido, Feliciano Serantes, a la muerte de éste, allá en tiempos de

Batista. Le había dado por creerse joven y resarcirse del cautiverio pasado en vida de su señor. Y a sus casi setenta años, arrugada como una pasa por el sol y la brisa que soplaba en Miramar, había abierto las puertas de su mejor establecimiento a pandillas de jóvenes que entraban a festejar por todo lo alto y luego la agasajaban con piropos y algún favor carnal que le hacían como ella pudiera soportar. Y ella les regalaba todo cuanto iba sacando de la caja fuerte de la Caja de Ahorros y Banco Gallego: oros y piedras que su marido, que vivió pensando que al día siguiente volvería a la patria y así murió también, había comprado en vida, convencido de que aquello eran valores más fáciles de conservar que el papel moneda.

La cortejaban jóvenes de mala ralea, desde marinos haraganes siempre en puerto hasta señoritos pendencieros de gran apellido; y alguno de éstos consiguió una buena mano casadera gracias a las joyas de la vieja. El delirio le duró siete años, hasta que una mañana cualquiera, la viuda de Serantes apareció muerta, abierta de piernas y desnuda, amoratada de un paro cardíaco, en el que había sido su santo lecho conyugal.

La gente hizo como que nada sabía. Al olor de la herencia que quedaba acudió la abuela Angélica, y también sus hermanos, establecidos los tres en Santo Domingo, todos hosteleros por sangre y vocación: establecidos. Hicieron un acuerdo jugoso con el gobierno del dictador, satisfecho de comprar los dos hoteles. Uno frente al mar y otro en la calle Prado esquina con la plaza del Imperio, que convirtió en palacetes de diplomacia, que quienes vinieron luego reconvirtieron en hoteles turísticos con aposento fijo para gente de nomenclatura, y que más tarde la historia adjudicará en virtud de dios sabe qué legado. Una isla de nadie.

En aquel viaje, la abuela Angélica, que había jurado que nunca volvería a pisar el muelle de La Habana, fue víctima de una nostalgia rara, como un viento que la retuvo allí por muchos días y luego la llevó a la antilla española: porque decidió que los dineros heredados se quedaban en ultramar. Así que invirtió a la vera de sus hermanos en la República Dominicana. La única cuerda de toda la familia —le repetía el padre a Amalita: tu abuela. La suegra que había hecho posibles esos viajes suyos al infinito, pues cuando el tiempo agostó sus fuerzas, y trabajo le dio al tiempo, la señora Angélica encomendó la hacienda al yerno, porque sus otros hijos se le habían marchado a México con el afán familiar por lo trasatlántico, y su gobierno le quedaba lejos a la vieja.

De entre las grandes pasiones de sus antepasados, Amalia sólo había heredado el apego a los libros y a las costumbres de ultramar; además de una especie de indiferencia por los asuntos corrientes del sexo: un antídoto frente al mal secular. Hay que disfrutar, Amalita —le decía su mismísimo padre, sin más. Al señor le daba lástima, pero no había sido educado para hablar de esas cuestiones con su propia hija. Resolvía echándole las culpas a la moda. Le habían informado que empezaba a llevarse lo asexuado, que en el dos mil, hombres y mujeres se confundirían, y cosas por el estilo, y él, horrorizado. Mira en cambio Joaquinito, todo un miura —se consolaba. El hijo sí había heredado, no de los Serantes, sino de él mismo, su destreza a enredarse en las faldas: un artista.

También Joaquín le faltaba a Amalia en su paso por la casa. A veces hasta llegaba con él de Madrid, y ya en el portón de Santa Amalia lo perdía, detrás siempre de juergas y niñas, que no dejaban sitio para otra cosa en su cabeza encogida. Joaquín no sería nunca más el entendido en música, ni el innovador, ni el inductor de lecturas fantásticas. Ahora era un panzudo de aspecto alcoholizado, el pelo en retroceso, que no leía y sólo escuchaba indiferente radio fórmula. Y allí todo el mundo le reía las gracias obscenas y nadie se ocupaba de si algún día llegaría a ser economista, dando por sentado que otro administrador llevaría las cuentas de lo que él se iba a gastar: exactamente la mitad de lo que quedase después de pagar los impuestos por transmisión de herencia.

5

Desde la foto

Desde aquélla no estuvo bien, no. A la señora Aurora la voz le salió como en un hilo. Quería en realidad romper el mutismo que se había adueñado de la sala de estar, el silencio le aterraba, y no le bastarían los años para acostumbrarse a la mudez progresiva de su marido. No se oyó más que: Síiiii, desde aquélla. Y el señor Emilio y Amalia cruzaron sus miradas de ida y vuelta a la foto del aparador, segunda repisa extremo derecha, allí santificada desde el día en que Ana se vistiera de reina para la inauguración. Gloriosa inauguración de su ruina definitiva. A la madre le había dado por enseñar el retrato a los parientes que venían de visita y condolencia secreta, desde que la cosa se supo aunque nada se mencionara, en torno a la mesa camilla, o en el tresillo si no había confianza, con los parientes dispersos: Mira que estaba guapa, ay. Las *mociñas* de la Eulalia tocándola también, sin comprender, como se toca un relicario, borrando luego el dedazo en el cristal. Ana vestida de negro, de una sola pieza ceñida hasta los pies, tirantes y cintura de un tul transparente, también negro. Preciosa. Collar de perlas y sandalias altas de charol negro. Una imagen para la memoria. Los labios encarnados. Guapísima.

La foto estaba tomada antes de salir de casa, como se hace en las bodas, el día que Jesús inauguraba el bar, que le había puesto de nombre Maigüei. Dieron un festejo grande. Sirvieron copas gratis, hubo música en directo y, porque Jesús lo quiso, hubo también actuación de baile. Se había acordado de una chica que andaba en la pandilla de Ana y Amalia el último año que estudiaron juntas, la última pandilla. Jesús se había fijado mucho en ella el día de la sonada fiesta, la de fin de curso. ¿A qué viene ahora Adriana?, Ana extrañada. Bueno, tenía memoria Jesús cuando quería. Adriana era bailarina de oficio, de aspecto andrógino, que él imaginó mitad hombre mitad mujer maravillosa: él prendado. La chica daba clases de academia, después de haber sido cuerpo de los mejores ballets de la provincia. Lo hacía por ganarse la vida, porque talento para más no le faltaba: El arte me lo guardo para la intimidad, guapo —le había dicho Adriana a Jesús, más que nada por provocarle, con la voz impostada, alargando la a: los muchachos atrevidos como él eran sus víctimas favoritas. Pero entonces a Jesús ya le había crecido el empeño por Ana, y resistió el envite.

Se acordó y fue a buscarla a la academia, con la suerte, la que él tenía, de encontrarla. Le propuso que montara algo para su fiesta. Ella montó una *performance*, así le llamó. Y cómo serán las cosas que, entre tanto sopor y tanto delirio alcohólico que allí hubo, la bailarina topó con un pasado que por nada había salido a buscar, sobre todo porque era triste. Había trazas en su memoria de niña, allá en el barrio alto y periférico de la capital, de una abuela artista titiritera, que había huido al Nuevo Mundo dejando huérfanas a su madre y a su tía, que fueron acogidas en el hospicio de Ois, cerca de donde ahora vivían las dos familias, exclusivamente femeninas. También acudían a su memoria retazos desvaídos sobre el glorioso concubinato de su abuela con un almirante de la Armada, que la había raptado una noche en que la carpa Maravillas clavó sus vientos en una aldea llamada Caeiro o cosa parecida, porque el nombre en la casa materna ni se mentaba, pero algo le afloró a ella del subconsciente al oírselo entonces a aquellas chicas, finas y simpáticas. El almirante, casado y con dos hijos, la había sacado del carromato y le había puesto a la moza una casita decente y limpia. Y las tenía calladas, a ella y a su mujer, y a las lenguas más traperas del pueblo, que nadie se atrevía con él, que era un hombre de armas, aúpa con el militar. Contarían después en el pueblo que el amor del almirante era tan romántico, y tan impúdica ella, asomando a airear al balcón las fruslerías interiores que él le traía de sus viajes a la capital... Pero allí a las claras nada se decía.

El amor le duró a ella los tres años más nueve meses que contaba su hija mayor, madre de Adriana, y se disipó un día en que un capitán holandés, averiado su carguero en medio de la ría, remolcado a tierra para reparar, la cortejó sin reparos por el muelle de Caeiro. Dicen que fue el holandés quien la llevó a América. El caso es que una mañana de finales de agosto, rebosante el cielo de esa niebla blanca que se deshace en la grisura del mar, el barco había zarpado y ni rastro quedaba de la señorita Herminia, que sólo dejó dos criaturas a grito pelado y una carta de agradecimiento al almirante: Que sé que vas a cuidarlas —le decía. Aunque no lleven tu

110

apellido, son también tuyas, querido mío, y perdónales a ellas mi ofensa, que yo ya he perdonado las tuyas.

En esos días que el mar no termina, perdido antes de llegar a otras playas, las voces cruzan la bahía sin esfuerzo. Y así el grito del marino encalló en todos los bajos de la ría, gritando el almirante el día entero por la amada. Hasta la Herminia escucharía el lamento del hombre en alta mar, sobre el llanto de las niñas. Pero las voces se pierden y se callan, como el mar. Y después del alarido queda el silencio, que esos días espesos se palpa.

La mujer del militar no se hizo cargo, por aquello no pasaba. La querida, valga; pero a ver cómo iba a explicar la presencia de las dos criaturas en su casa. De aquello no se habló más: las entregaron a las monjas de una casa de acogida y, para mejor zanjar el asunto, eligieron el hospicio más lejano que conocían. Las niñas salieron de la institución con la mayoría de edad y un oficio, costureras, y sin otro pasado más que aquél de Ois, el barrio que las adoptó. El mismo donde después ejercieron, desde un modestito salón montado con mucho apuro en la única sala de la casa, planta baja y ventana a la calle: Confecciones Pedreira.

Cuando Adriana acabó de contar lo poco que conocía de su pasado familiar (Y yo por qué diablos le cuento nada a éste). Y después de decirle que nunca había querido saber dónde en el mapa estaba la ría aquella (¿Y no será éste el puerto maldito, que por eso me hace recordar? ¿O será que me ha afectado el efluvio de los cuerpos o el humo de eso que fuman?). Y porque las cosas son cíclicas (Bueno, qué más da, nunca me volverá a ver…), aquel muchacho guapote, la noche entera haciéndole carantoñas, le dijo el nombre del almirante de la Armada que amancebara a su abuela: Alfonso Badía, que además era su abuelo, de la segunda casona en Castro, Agra bella, frente a Santa Amalia. O sea, que venían siendo algo así como primastros, los dos allí sentados y las manos cogidas, y los ojos entornados en un éxtasis o una alucinación: primastros, si es que el término existía.

Adriana no añoró de pronto el pasado que no había tenido, bastante del pasado tenía con aguantar los miedos de la madre cada vez que llegaba a casa contando sus éxitos artísticos: Que ese mundo no existe, Adrianiña, no sueñes *miña rula*. Y la dejaba sin soñar, días, noches enteras. Así que ella, que parva no era, no iba entonces a echar en falta una gloria desconocida. Pero con todo y en secreto, Adriana y el menor de los Badía repitieron la historia enamorada de sus abuelos, primastros ellos, porque era muy honda la fascinación que les despertaba. Ella tuvo actuación la noche de todos los sábados de aquel verano cálido, y se quisieron, sin que nadie supiera que la chica era la nieta de la señorita Herminia: Ves, Adriana, ésta es la casita donde tu madre nació, le enseñaba él; la casita aún de pie en la plaza diminuta detrás de la iglesia. Si su madre supiera, menudo disgusto.

El bar les fue de maravilla durante el verano. Andaban Ana y Jesús enfebrecidos atendiendo las noches en el local, sin tiempo para otra cosa. Pero después del verano vienen otoño e invierno, que se hacen estaciones duras en los pueblos de costa, fin de trayecto, donde sólo se llega si hay que ir, que no son paso a ningún sitio. Se nota en el carácter de las gentes, encallecido, como piel de los pies.

Abrían a las siete, la hora en que los hombres vuelven del trabajo, noche cerrada ya, que como en casa no aguantan, van al bar y beben solos encallados en la barra hasta que revientan. Y solitarios salen del bar, aún con ínfula: el pecho hinchado, tal vez por si el aire les ventila; orgullosos de la mitad para arriba, derrotados hacia abajo, los pies a rastras, que no sienten ni el suelo. Y así revestidos de fuerza viril, muy derechos, que si paran se derrumban, llegan a la casa: los niños ya acostados y el caldo recaliente sobre la mesa, tres veces fue y volvió la perola del comedor a la cocina. Y la parienta harta de esperar, y normalmente los reciben a gritos, porque la situación no se aguanta más, y no se aguantaría si no fuera por ese día de gloria que al menos sucede una vez al mes, que los dos tocan el cielo y es cuando todo se perdona. Por eso a diario el hombre o calla con desprecio o se envalentona, porque motivo para dar, tiene: A ti no hay Cristo que te aguante, mujer, y a ver, quién trae los cuartos a esta casa, cojones, te voy a matar. Y a veces le da. Y hasta los hay que un día por orgullo matan.

Las tardes se les hicieron eternas, a los dos solos, que prescindieron del personal, venga de pipas y cervezas matando las horas. Había que abrir, que al menos clarete del país despachaban, a los hombres vecinos, ufanos de ir al Maigüei, que el verano pasado fuera un lugar de primera, con chicas guapas y chicas de fuera y mucha bronca. Y así aguantaban los dos, Ana y Jesús, hasta que a la noche llegaba un colega con *algo*, y por hacer algo retomaron con desesperanza lo que no habían dejado, porque no olvidaban.

El otoño aún fue tirando, pero pasada la Navidad, que los días se hacen tan oscuros, en los tres meses de invierno liquidaron toda la ganancia del verano. Y llegada la primavera, tuvieron que pedir créditos, contra la casa de Cainzos, que era la única propiedad de por medio, para comprar existencias y poner el local a punto. Las cosas entre ellos, lo mismo: mal, como sucede cuando se ha perdido todo, hasta el deseo. Pero Ana había empeñado su vida en aquel agujero, y se aferraba, hasta había perdido el contacto con el librero Outeiriño, así que nada le quedaba más allá del tiempo muerto en el Maigüei: nada, además de su mundo fantástico; y en ese universo suyo quedó atrapada, como un oso que no despierta. Una mañana quiso volver a la arboleda, sonámbula iba, y no pudo atravesar porque el Pico do Monte estaba impracticable de tojos y zarzas crecidos con el agua de un invierno duro de lluvias. Bajó y subió otra vez, acompañada del perro Canelo y provista de un azadón. Sólo la Eulalia la vio salir de aquella manera, y como imaginaba adónde iba, no preguntó.

Desbrozó el camino hasta su cueva y buscó los juguetes del niño Simón. Habían pasado diez años desde que los enterrara bajo la mata de caracoles; estaban intactos, sólo oxidados y pútridos los metales. Y allí en la oscuridad de su pasadizo, se deshizo del tiempo: abrió su bolsito de croché y en una ceremonia lenta se preparó una dosis grande, y dejó que el polvo la llevara, absorbiéndola al fondo de un abismo. Se arrebujó en su abrigo de lana y quedó dormida. Despertó oyendo los gritos lejanos de Eulalia y Numancio: ¡Ana, Aniña! Doce horas hacía que marchara sin dar razón y, entrada la noche, temieron por ella. Ana hubiera preferido quedar allí, dormida o muerta, en su hora cero: disuelta en el sueño que era la nada. Ay, Aniña.

Neniña que susto levamos, eu xa sabia onde andabas, caaa. Eulalia no lo cuentes, no lo cuentes a nadie. Con Numancio no había cuidado que tener, nunca hablaba, más que a las vacas y a la Eulalia. Hacía años que su santa esposa no le sacaba otra cosa que un monosílabo, era una convivencia de costumbres, de gestos y ademanes, y monólogos de la Paca, pero así llevaban la vida tranquila.

Numancio cargó el azadón y llevó al perro atado con una cuerda, y las mujeres, unos pasos atrás, Ana aún traspuesta, inventaron un cuento que ella, sin embargo, escenificó en la casa con mucha soltura. De vuelta a la habitación, vació los bolsillos hondos del abrigo: cinco madelmanes, cuatro indios verdes, un soldadito marrón, dos coches de scalextric. Metió todo en una caja de latón: tenía la sensación de haber desenterrado un muerto, se sintió profana y sucia, ella que sólo había querido marchar, con todo aquello al lugar que habitaba el niño Simón.

Los padres tragaron la historia, porque uno cree cuando quiere creer: que se había quedado dormida en la playa entre el espigón nuevo y el viejo puerto, viendo las faenas de los barcos en lunes. Las tarrafas rugiendo: zarpaban a la pesca nocturna de la sardina. Y venían tarrafas de otros puertos, maniobraban en el espigón para llenar las cámaras de hielo. Las cámaras todas llenas, los barcos en alta mar y ella quedó dormida. A nadie cogía de nuevas la fijación de Ana con las faenas marineras, desde niña le había gustado meterse entre aquellos hombres que cosían redes sin pudor masculino. Y ellos le dejaban hacer, bajaba a las panzas de los barcos, ayudaba a estibar las cajas para el pescado y a pasar la manga. Hasta que fue adolescente y empezó a crearles apuros, sube y baja por el hueco estrecho de la escalera, y sin querer había rozamientos. Entonces siguió viéndolos, pero de lejos.

Para mayor verismo del cuento, los señores Baamonde la habían visto dormir hasta de pie, con esa flojera de nuca que tanto les intrigaba, cabeza de perro tonto, como el del chrysler de Tucho. Y la señora Aurora ya tenía por costumbre despertar a media noche para ir a su cuarto a apagarle la luz, a sacarle la ropa y ponerle el camisón a veces, y a quitarle la colilla apagada entre los dedos amarillentos, la colcha quemada casi siempre: Cualquier día vamos a arder y tú ni te enteras, ¿oíste? Ella no oía.

También la Guardia Civil, avisada, tuvo que creer la historia, con desconfianza, porque sabían de las andadas de la hija, y porque aún no hacía media hora que habían recorrido por tercera vez todo el muelle y las playas; eso sí, sin bajar del cuatro latas. Y los padres, Pues allí mismo estaba, fíjense. Y todo porque Jesús había aparecido a las once de la noche en la de Baamonde, histérico, preguntando por ella, y como ella no había dicho adónde iba, y no la veían desde la hora de la siesta, que volviera por el perro y el azadón. Y el hombre enloquecido, la que montó allí mismo: toda la calle encendida, asomada a las puertas. Llamaron al cuartelillo.

Peor lo hizo Jesús al día siguiente, que de la rabia casi la mata, porque él no dio crédito a la historia, él no: Pero qué me cuentas, ¿crees que soy tu madre?, venga, tía, que no trago, y te metiste todo lo que quedaba,

¿te lo metiste viendo a los marineros?, ay qué bonito; ¿sabes la noche que pasé yo?, ¿lo sabes? Le pegó una hostia con la mano abierta. Y luego lloraba: Aniña, ay Ana. Y ella callada como una tumba, que ni lloró ni nada. Ana, ¡¡¡Dioooos!!!, la desesperación que él llevaba. También Jesús se puso morado el puño, como la mejilla izquierda de Ana, de darse golpes contra la piedra del cercado de su casa. Ni llegó a imaginar lo que había ocurrido, ni se paró a pensar qué habría sido de Ana aquella noche en blanco. Porque Ana no contaba nada, la única vez que había contado y reclamado ayuda aún le atronaba en los sesos. Sólo confiaba en Eulalia, condenada a la duda la vieja, porque era la única que sabía: *Ay Aniña, aun habias de morrer, si Deus soupera o que ali facias, caaa.*

No sucedió de la mañana a la noche. Otra vez se habían ido acostumbrando a verla taciturna, los ojos hinchados por la mañana, a partir del mediodía entornados y de noche como un sapo; ni media palabra, delgada delgada, claro, no comía: Vas a enfermar. Enferma ya iba.

Despuntó una primavera pesada de lluvias. El sol pujaba en lo alto, pero no brilló hasta san Juan: no daban tregua las nubes. Nada se movía bajo aquella atmósfera gris. No se oía sino el murmullo pesado del agua. Fueron meses de una estación cualquiera, sin temperatura ni color que no fuera el mismo gris, ni otro olor que el de la tierra empapada. Un tiempo para pasar deprisa y que sin embargo se eternizaba, vacío.

En aquel local no se movía un duro, ni las moscas se movían en el Maigüei, pesarosas las moscas también, confundidas de mes. Ellos hartos de esperar la temporada, la temporada la temporada, y nada acontecía; todo parado, ni un alma, fines de semana lloviendo a cántaros, ni una noche despejada, nada. Y el día entero allí metidos, porque abrían de mañana, a ver si el asunto cogía calor, al tiempo que adecentaban el local, arrancando invasiones de mohos. A los amagos del sol sacaban sillas a la explanada sobre el acantilado, en la margen izquierda de la ría, guarecido de los peores vientos que vienen del Sur. Si clareaba diez minutos, salían con las mesas, un par, tres, y nada, la bonanza concedía cuando más un cuarto de hora, y ya estaba el cielo respondiendo con lluvia ligera, que se volvía gruesa: borrasca, vientos racheados de componente Sur, marejada a fuerte marejada: Putos partes, bramaba Jesús. Las horas al pairo de los partes, a las tres, a las ocho y media, el último a las doce, y por la mañana derechos al quiosco, porque la hija de Hildita era la experta del pueblo en climatología: Va a abrir, allá por las dos de la tarde —conocía el cielo y los vientos que señala la proa de los barcos en amarras, y temprano leía los mapas de isobaras en la prensa, cotejando. Y a las dos abría, sí, y cerraba a las dos y doce.

El Maigüei era un agujero, y las horas todas se tornaron muertas, y ellos, a tono con los días. Apartaron un buen pellizco del crédito y fueron subiendo el ritmo de las dosis, soporosos desde el mediodía. Así las cosas quedaron a medio hacer: los cojines encoirados, llenos de mierda del verano anterior, mezclados con algunos nuevos, cosidos en un arrebato de ganas; una pared pintada y otra pringando de humedad, y fuera, mesas y sillas con óxido y otras a medio lijar, a manchas blancas, marrones y naranjas de la patente, ninguna entera: era aquello el espejo de sus intenciones, buenas pero abotargadas en el letargo que arrastraban.

Al tiempo, el bar se fue llenando de gente que colgaba en difícil equilibrio sobre las sillas, en silencio, de vez en cuando una agarrada que daba largo para hablar; de poco más hablaban que no fuera el *algo* aquel. Era una clase de gente, como una plaga: o les cortaban el paso de raíz o infestaban el local como abejas, y aquello era clientela mala, que espantaría los dineros frescos del veraneante, al cabo de arrancar la temporada, temporada maldita. Y ellos ¿qué iban a hacer?, ¿cerrar la puerta a los colegas? Los colegas sólo bebían trinas, para no llenar de gas la barriga vacía, y si tal alcohol del más duro, en la desesperanza, después de abrumar largamente en la barra para sacarle un *buquiño* al Jesús: *Non teño nada. Pois vai por ahí a rascala.* Encima se la jugaban, amenazados siempre por la ansiedad de alguno: *Neno, rájote e quédaste ahí.* Ana incapaz, ni capaz para marcharse: se resignó, el alma metida en el túnel.

Por san Antón, Amalia hizo una visita fugaz. Se había prometido no volver más que de paso, por evitarse el daño. Vino al patrón. Antoñito Corvalán se afanaba entonces en relevar las costumbres de los Serantes por otras nuevas que él iba a inventar, como si las costumbres se inventaran. Así pues, desterradas las rosas, ordenó el señor traspasar a su santo la fiesta del treinta de junio: a san Antonio que es el trece, día de tanto arraigo en la tierra, si bien lo popular le era indiferente al señor. El jardinero Rómulo, aturdido por su mala suerte, nunca más daría con aquellos pies de rosa naranja o malva, ni veteada, ni de textura de terciopelo: allí no crecieron más que capullos cursis, amarillos, blancos y rosa pálidos.

La rosaleda no tuvo igual: a Santa Amalia por san Antón vino toda la aristocracia industrial de la capital, según citaban los periódicos, siempre a punto de inventar términos, queriendo decir los nuevos ricos del Golf, segunda generación de conserveros y demás, ni aromas de ultramar ni intelectuales ni artistas.

Pero Antoñito quedó encantado, el patrón había sido un éxito a su medida. A la madre la colocaron en una esquina, toda la noche hablándole a un tipo de aspecto raído y despistado, y que a última hora se descubrió sordo de un oído: a duras penas la habría escuchado, con mucha cortesía. Joaquín triunfó, las cachorras de aquellas familias eran santas de su devoción, bien educadas para el hogar, Joaquín pensando ya en su futuro, y las entusiasmó con sus bailes de *twist* y otras glorias revenidas que eran restos de su bagaje mundano. Amalita se encargó de que todo estuviera a punto, muy solícita, espabilando al personal del servicio, atenta. Su padre no esperaba otra cosa de ella, con tanto sentido común y tan madura su hija, y sólo la interrumpía de cuando en vez para enseñarla ante un grupo encopetado, de gente que la miraban con desconfianza: Qué chica rara esta. Porque a Amalita se le notaba algo diferente. Nunca dejó que su pelo creciera más allá de dos dedos, de un rojo cada vez más vivo. Había que rebuscar en el cajón de fotos antiguas para creer que antes de cumplir los trece años tuviera aspecto de niña niña, melenita lacia y en las puntas, tirabuzón, rubio ceniza el pelo, recia herencia de Serantes. Después la adolescencia marcó su indefinición. No era fea ni tampoco guapa, era indefinida. Su tez siempre morena y sus facciones anchas le daban un aire de salud, demasiada salud para tiempos tan malos, de extraños virus, anorexias de moda y aceites envenenados:

120

en cierto modo la suya era una fortaleza masculina, estilizada, pero de músculo prieto y ancha de hueso. Le salvaba su metro setenta y cinco, o la delataba aún más, su extrañeza.

Con la resaca del drymartini, aún después de ensayar en vano los remedios de la abuela Angélica, que ocupaban un capítulo entero de su cuaderno de miscelánea (Medidas para el licor de guindas, Recetas de mero angelical y enchilada El modelo cubano, Cómo trucar contadores, borrar manchas de tinta o curar esguinces de tobillo), Amalia corrió en busca de Ana. No estaba en casa, su madre le contó que apenas paraba allí, que venía tarde, ellos ya acostados, y que otras veces ni venía; y en cuanto se levantaba salía corriendo para la de Cainzos: Anda muy malhumorada, pasan el día en el antro ese que tiene el Jesús, ay Amaliña, si la hicieras entrar en razón... el rapaz es bueno, pobriño, con las desgracias que tuvo, pero Ana por él pierde el sentido todo.

Nada nuevo. Tenía que subir hasta el Maigüei si quería verla. A aquellas alturas, el lugar, como si lo viera, se habría convertido en el cuartel general del *lumpen enganchado*, una adicción generacional, un absurdo. Tres motos gilera aparcadas en la puerta, pisando lo que tal vez fuera césped, vasos rotos en el suelo, cascos vacíos y el rock sinfónico del jukebox sonando en un hilo afónico. A los chavales de la ría les gustaban las gilera, iniciados por el Lejías, *o fillo da Ciscada*, que había ido de voluntario a la Legión y allí estuvo cinco años de mercenario entre Ceuta y Melilla. Y luego volvió, con el pecho y los biceps tatuados, *Amor de nai*, Virgen pura,

121

otras leyendas. Y llegó fumando cannabis y, como era de los mayores, le siguieron. El primero el hermano de Amalita, primogénito de Serantes, porque le iba el asunto de la libertad, que él entendía como pasarlo lo mejor posible sin que nadie le molestara. Y detrás de Joaquín fue la panda y luego el pueblo entero, porque además de una embriaguez nunca vista, fantástico aquello de la *grifa*, aquello era asunto de viajados y entendidos: *O Lejías trouxo goma, neno*. Y allí iban todos a verlo. Y el Lejías, además de cannabis, trajo al llegar una gilera, que fue la primera, regalo de un primo suyo de Lugo que le dio uso hasta que la máquina le vendió en una curva bajando del monte a Terra Chá. La rueda patinó en el barro de una lluvia fina, las primeras gotas, y a la moto, nada, cayó de lado y paró; pero a él le amputaron la pierna en la Residencia, porque la herida se ponía fea con la gangrena subiéndole al muslo, y allí no podían hacer más, así que cortaron.

Años después, al Lejías lo metieron en la quinta desahuciada del virus. Pero él negó su suerte, y cuando los médicos le dijeron que tenía el VIH, aún no la enfermedad, echó a correr con más fuerzas que nunca, y siguió corriendo playas hasta que rompió estadísticas. Se puso como un toro, con el virus pululando dentro. Pasaron siete años, la incubación, y él, cada día más fornido. Le hicieron estudios especiales, mandaban trozos de su piel a Madrid, trozos de hígado, biopsias de todo tipo: *¡Que me deixen en paz!* Al final lo metieron en el grupo de portadores sin progreso a largo plazo, una clasificación que fue creciendo con los años, y con el miedo y la vida mejor de los que resistieron aquella fiebre apocalíptica.

Ya no vienes más que a ver a la familia. Y Amalia: ¿A quién quieres que vea?, si andáis todos desaparecidos; ¿y tú te has visto cómo estás? Demacrada, hecha una sílfide, el pelo rezumante de grasa cayéndole en guedejas delante de la cara. Ana como si oyera llover: Estupendamente, estoy bárbara, ahora que por fin llega el verano, y verás qué verano, con el bar lleno. Ni el verano ni nada, Ana, no te cuentes historias: da pena ver cómo tenéis esto, aquí los del veraneo no van a entrar, lo sabes mejor que yo, y tú aún das mucha más pena que el bar.

Se contuvo, sintió rubor en sus mejillas: puede que fuera el malestar que el alcohol deja en el cuerpo, que embota también la cabeza, porque sin querer le estaba gritando con la energía de un general, y hasta los cuatro durmientes que había en el local se giraron con esfuerzo, a cámara lenta, y la miraron extrañados. Entonces le entraron ganas de volver a gritar: ¡Y vosotros qué coño miráis, imbéciles! Gritarles sin vergüenza.

He traído el coche de casa, ¿por qué no vienes y damos una vuelta? Como una pareja de novios, se fueron a ver el mar rompiendo en las playas abiertas de la costa más al Norte. Y allí, sin salir del dos caballos, el motor parado, frente al océano que rugía, le hizo hablar: ¿Qué quieres que haga?, no tengo nada, ¿adónde voy a ir? ¿Cuánto te estás metiendo, Ana? Y ella, sin oír: Sólo me queda el bar, y ya vendrá el verano y organizaremos fiestas y haremos cajas buenas. ¿Y cuánto os va a durar lo que os deje el verano, pensáis repetir la misma historia de este invierno? Este año será mejor que el anterior, en todos los pueblos comentaron del Maigüei, hasta en la ciudad comentan. ¿Y quién crees que vendrá, con este público de harapientos que tenéis? Para ya, tía. Ana estás fatal, te veo fatal. Para, joder. Tienes que ponerte bien, puedes hacerlo. Déjame, déjame. Tienes muchas cosas que valen cien mil veces más que ese bar podrido. ¿Y qué quieres que haga? Dejar la mierda, estás a tiempo.

La discusión duró el día entero, a trompicones, plagada de preguntas y silencios. Mediada la tarde, Ana empezó a ponerse muy nerviosa, llevaba dos horas o más aguantando, le temblaban las manos, se encontraba mal mal, y sudaba: tenía que ir a un baño: Sí, claro que necesito ponerme. ¿Cuánto? Silencio. ¿Cuánto, Ana? Vamos otra vez por el gramo diario, una ruina. La operación del baño se repitió aún un par de veces, de rigor, entraba descompuesta en el retrete del bar, chiringuitos de playa donde pararon, y salía plácida. Amalia seguía con el acoso, suave a veces, alternando con cosas bonitas que también le decía. Y Ana iba soltando lastre. Le contó sobre unos tipos del pueblo más allá de Caeiro que habían ido a curarse a una granja y quedaron limpios. Regentaban desde entonces un negocio de importación de ropa y artilugios surfistas, para gente que cogía olas en las playas batidas de aquella zona: Les va de maravilla, después de todo… Y Amalia razonando: Si lo cuenta, antes ha pensado en ello.

La noche ya encima, la llevó a casa, para cenar; bueno, cenó Amalia, que devoraba, con ese hambre feroz de los días de resaca, sin comer desde que saliera de Castro al mediodía. Y Anita delante de los padres fingió el paripé, recibiendo a la amiga, como si las cosas volvieran a un tiempo anterior que parecía remoto. Como pudo pero lo hizo, estaba triste y cavilosa, el paso que había dado era grande: Venga, ahora súbeme al bar, que Jesús me estará esperando para echar el cierre. ¿El cieeeerre?, allí la dejó. Él la odiaría, seguro: ¡Pues que me odie! Ni bajó del coche, por no verle el gesto.

Se levantó temprano, con el propósito firme de ir a ver a los *yonquis* convertidos a surfistas. Les pediría información, a ella nadie la conocía, ni nadie iba a saber para quién la quería, porque inventó la historia desesperada de un hermano pequeño heroinómano. Todo lo que consiguió de ellos fue un teléfono de curiosa leyenda, Teléfono de solidaridad con la drogadicción, como el número de la esperanza. Tuvo la impresión de haberlos molestado con sus preguntas, a regañadientes aquellos dos con su recuerdo; pero igual daba, consiguió lo que había ido a buscar, un apunte surrealista: Teléfono de solidaridad con la drogadicción, vaya ocurrencia, como un enunciado de las páginas amarillas.

Llamó esa misma mañana, de vuelta a Castro, con las miles de curvas de aquella carretera al fin del mundo oscilando en su cabeza, encerrada en el despacho del abuelo, escuchando de fondo los desvaríos crecientes de su madre de un lado al otro de la galería: Pamelia, ¿por qué escondes las tijeras de cortar pescado? Señora, las encontré en su cuarto de baño y *juardeilas*. Pues ahí es donde tienen que estar, tráemelas y no vuelvas a esconderlas; hay que ver, en esta casa ya no se sabe quién ordena.

Aquel año, doña Amalia había abandonado los experimentos hortícolas y florales para entregarse a un proyecto que le pareció de espíritu más elevado: quería convertir el porche sur de la casona en lugar abierto al arte de escultores y canteros del país. Habló con galerías, con párrocos de iglesia, con marchantes, con aquel crítico viejo del periódico local que frecuentara su casa en mejores épocas. Los artistas la visitaron, tardes sofisticadas de café y licores, divagando sobre el sentido de lo real y lo maravilloso; el artista pletórico: Qué proyecto tan bonito (la mitad del encargo por adelantado). Ella, en la gloria. Y doña Amalia frecuentó a los canteros, la llevaba Rómulo, en el dos caballos de discreción, ataviada de excursión campestre y modernista, Madame Butterfly, pamela y gasa recogiéndole el pelo, falda larga, corpiño, sahariana y botines: en sus armarios el tiempo no transcurría. Consiguió buenas piezas, a precios estrambóticos: ¡Ésa no va ahí, ese rincón es para el cubo de Antón! Llamaba a los artistas familiarmente, después de las tardes compartidas. ¿No ves el papelito con su nombre? Gírala treinta grados a la izquierda. Estaba desatada, dando órdenes a Rómulo y a la cuadrilla de primos que se trajo el jardinero para arrastrar tanta piedra. Feliz doña Amalia con su nuevo estatus de mecenas del granito. Y una vez más, el pobre de Rómulo enloquecía. ¡Tiene el cielo ganado!, le reía la Pamelia a voces desde la cocina. Y doña Amalia desde el baño: ¡Pamelia, las tijeras enseguida! Igual cortaba el pelo con tijeras de pescado.

En el número solidario le dieron mucha información. El programa tenía buena traza. Pero no tan buena como para curarle a Amalia el miedo guardado, que aún no entendía como Ana había sobrevivido al experimento psiquiátrico de Madrid: Parece tan vulnerable y está cubierta de amianto, pensaba ella. De cualquier modo, faltaba lo imprescindible, que era la voluntad de Ana. Bien que hubiera dado un paso grande en la flojera, intimidada por Amalia, mas en aquella granja, según informaban en el Teléfono solidario: Aquí nadie entra si no está convencido. La granja era en un lugar de Guadalajara, y en La Mancha el calor apretaba ya a temperaturas africanas. El calor sería lo de menos.

Una tarde de finales de junio la recogió en la estación Príncipe Pío, expreso Rías Altas. Traía el olor a hierro impregnado en sus ropas, la cara amarilla, ojerosa de no haber dormido, el pelo revuelto de pelearse toda la noche contra el asiento duro; y cargaba a duras penas una bolsa de loneta azul. Venía con gesto de piedra, reteniendo la angustia, que no era sólo por lo que esperaba, sino y sobre todo por los recuerdos que conservaba, ella que tan bien practicaba el olvido. Era de suponer que en la granja iba a ser distinto, pero mejor no remover la memoria. Se saludaron en silencio, apenas dijeron: ¿Qué tal el viaje? Bah.

El propósito de Amalia era llevarla directa a Guadalajara, sin parar siquiera a descansar del trayecto de tren, y que así pasaran cuanto antes esas horas previas y largas, como antesala de quirófano. En la granja no se entraba con el síndrome: La cura no empieza hasta que uno atraviesa el umbral de nuestra puerta —les habían advertido: mantenga la calma de espíritu. Era todo un poco místico. Y a Amalia: No la traiga agitada, que venga lo más serena y razonable que pueda. Entre ellas ya habían hablado de esas cosas, habían confabulado los detalles importantes y pequeños. Así que Ana hizo un alto en el servicio del andén y allí se metió el último empellón, bien grande, que le durara hasta la dichosa puerta. Lo preparó sin parsimonia, a correr, tiro la jeringuilla y la cuchara que llevaba, sin mirar, en una papelera, y salió como alma que lleva el diablo. Amalia la vio llegar loca, la esperaba a la salida, junto al quiosco de la estación. Ella se tiró en sus brazos y agarradas fuerte fueron hasta la puerta del coche: Tendré noticias tuyas todos los días, y a partir de las dos semanas puedo visitarte los sábados y domingos (triste esperanza). Encontrarás gente como tú, hasta puedes conocer a alguien que te interese, verás (débil consuelo para quien no sabe aún si resistirá). Ana, todo acabará pronto, hay otras cosas en la vida además de morir a poquitos.

No había mucho más que decirle, aquel discurso era una estupidez comparado con lo real: disponerse a sufrir en vivo el síndrome, ayudada sólo con hierbas, eso habían dicho; y luego soportar un largo proceso de reconstrucción de la personalidad, otra vez los malditos psicólogos hurgando en la cámara oscura. Lo mejor de todo, la innovación, era que en la granja enseñaban a mecerse la vida, eso decían, que a cambio de nada sólo hay nada, y que el sentido de las cosas se aprende en la naturaleza simple y en sus ciclos lentos: tal era la filosofía en aquel campo de Guadalajara.

El pequeño Fiat enfiló la nacional dos. Amalia quería correr, pero un impulso mayor ralentizaba su pie derecho en el pedal. Eligió una cinta de jazz, sonidos etéreos sin recuerdo. El camino se hizo largo, procuraron no hablar, no fuera a ser el demonio. Al llegar a Guadalajara ciudad tenían que tomar la comarcal 320, a la derecha, dirección Chiloeches, menudo nombre. C-320, Amalia se desvió, y la carretera, que se hizo estrecha, les condujo sin lógica al pleno centro de la ciudad, para el olvido aquella ciudad, en el cassete sonaba Miles Davis. Oiga, ¿cómo se sale de aquí, en dirección a Cuenca? El primer sujetó al que preguntaron propuso que le montaran en el coche y él les indicaría, porque desde allí era difícil. El sujeto llevaba mujer y dos niños y pretendía subirse con la parentela, claro, y entonces se volvió a la mujer: Qué, ¿les llevamos hasta arriba? Déjelo, déjelo —Amalia apurada: así que seguimos de frente y luego a la derecha, ¿no es así? Así es, así es, pero van a perderse. Qué le iban a hacer.

El segundo individuo se empeñó en que volvieran sobre sus pasos: ¿Pero cómo dice?, ¿cómo vamos a tener que volver a Madrid? Que sí, que se han confundido, den la vuelta y tomen la nacional en sentido a Madrid. El paisano lo decía convencido.

Al tercero lo montaron, bueno, lo montó Amalia, aquella agitación provincial de mediodía de viernes empezaba a irritarle. Así que, como debía de ser costumbre del lugar matar el tiempo yendo de un extremo al otro en coches de turistas confundidos, subió en el Fiat a aquel tipo con tatuaje en el antebrazo. Ana, que había cabeceado todo el trayecto, despertó inquieta: Pero ¿qué pasa? Y a una seña de Amalia calló. Amalia recordó en silencio la anécdota que su madre contara en tiempos más lúcidos sobre un incidente ocurrido la noche en que la trajo al mundo, con unos dolores de parto que la estremecieron en plena noche y que sobresaltaron en sus sueños al pobre de Antoñito. Y el padre que no atinó a sacarse el pijama y así como iba se enfundó en una chaqueta y metió a la madre en el Mercedes viejo. Y ella no paraba de gritar, hasta que al marido, a medio camino ya del hospital, no se le ocurrió mejor idea que parar frente a un sujeto que hacía equilibrios en la cuneta: ¿Adónde va? A la ciudad, parece. Pues suba. Y lo montó en el asiento de delante, la parturienta atrás, sin abrir la boca, anonadada. Luego él diría siempre que lo había hecho para que la rabia le hiciera olvidar a su santa esposa el dolor de ser madre. Quién sabe.

El tipo aquel las dejó enfrente mismo de la señal, Chiloeches, después de atravesar la ciudad de cabo a rabo: Ahora es ya todo recto. Quién sabe si habrían confundido los indicadores a sabiendas, para facilitar el pasatiempo local, de aquí para allá con los turistas despistados. ¿Quién era ese tío? Y Amalia: Uno, no tuve más remedio.

Estaba a pocos kilómetros, y era el pueblo más cercano a la granja: un spar, una casa municipal con plazoleta, salón peluquería Puri y un cartel de Mahou anunciando el pub; iglesia con torreón y reloj, eran las dos y media, treinta y ocho grados habría. De allí partía un camino en dirección al sanatorio de Alcohete y a una distancia intermedia se encontraba la granja, en medio de un paraje para fantasmas. Era un antiguo monasterio que, más que reconstruido, había sido recebado y despojado de su historia. Presidía el terreno un árbol calcinado, por un rayo, probablemente, presagio de otros rayos: una haya enorme que debió de ser muy vieja. El silencio era sepulcral, acompasado sólo por el crujir de las chicharras. Las mieses, palideciendo, presentaban un surco incipiente de tractor, aparcada la labor por la hora del almuerzo. A parte de aquella alfalfa, allí sólo crecía el cardo, y la lavanda, en una gran explanada, y manzanilla; también había girasoles en el inmenso secarral.

El entorno prometía infierno: un lugar para el demonio, para el sueño de la razón y sus monstruos.

Sin embargo la acogida fue amable, de pocas palabras, y hasta esas pocas se excedían: ¿Estás decidida?, te explicaremos poco a poco. Poco o nada que explicar había.

Allí la dejó. Amalia marchó abatida, con aire de duelo, y deseando que el coche se perdiera por aquella inmensidad amarilla, moteada apenas por el verde de unas hayas y de olivos destellando plata al sol. Por olvidar, fue leyendo carteles, Centro para la Observación del Espacio, Empresa de Bautizos, qué tierra extraña era.

Los primeros quince días fueron el infierno anunciado. Amalia reclamaba a diario un parte minucioso: cómo durmió, si lloró, si hablaba o callaba, ¿cómo?, para todo tenía un cómo. Y sólo un eco débil llegó a la casa de Caeiro, no encontraba motivo para dar detalles escabrosos. Ni aún el eco débil se escuchó en el chaflán de entrada, ni la Tona sabía dónde estaba la sobrina: estaba en París, a que la viera un médico buenísimo, en París, Francia. Al infierno le siguió un período de reflexión. Entonces recibió la primera visita de Amalia, la vio dentro del recinto: se paseaba como un fantasma, transmigrada en las estancias de aquel monasterio, sin hablar, lloraba con frecuencia y no sabía por qué, hipersensible, la piel grisácea, los huesos desnudos. Preguntó Amalia si aquello era normal, y los médicos dijeron que sí, que una vez que el toxicómano tocaba fondo, si todo iba bien, subía: Pues a ver si sube —pensó Amalia—, porque dudo que exista suelo más hondo.

Pasada la cuarentena, mediodía de un sábado a principios de agosto, Ana mereció su primer permiso. Amalia y ella irían de excursión por la Alcarria, en plena fiebre del metal los pueblos, levantando estructuras imposibles de entender, enfrentadas a la sillería de tradición. Poblaciones modernas, porque ya en los bares ocupaban lugar destacado los televisores grandes, y con eso todo viene rodado.

Recorrieron caminos en el coche, Ana no quería pasear, ni siquiera quería apearse, y por fin, pasadas las tres, asintió con la cabeza: pararían a comer en Sacedón, junto al pantano por aquello de ver agua. Bar Mobydick, pollos para llevar: una bolsa plástica con aves desangrando reposaba en el suelo de la entrada, a modo de felpudo con mensaje de bienvenida. La esquivaron y esperaron que alguien atendiera, sin prisa, era hora de la siesta y el pueblo no dormía, velaba la gloria del corredor con el rostro pegado a la pantalla: un español líder en el tour de Francia. Una mujer salió de la cocina, rozando su contorno orondo contra el marco de la puerta, estrecha, limpiando restos de grasa roja en su barbilla a la falda del mandil, comía la familia en la cocina. Pidieron pisto manchego, que vieron sobre el hombro de la patrona, cociendo en una sartén grande; en la cocina comían las sobras del pisto anterior, para almorzar siempre pisto. Se sentaron fuera, ajenas al espectáculo deportivo, no iban a interrumpirlo. Y también pidieron agua mineral sin gas. La camarera, una hija crecida, volvió trayendo un jarra: Miren, aquí el único agua que hay es la del caño. Bien, estupendo. La jarra estaba vacía. Ana y Amalia se miraron con el mismo asombro, vaya despiste, casi se ríen. La chica vino con la fuente roja del guiso. Y Amalia: Mira, has traído la jarra vacía —Amalia sosteniendo el vidrio por el asa, inclinada, para ponerle gracia al descuido. Pero en el rostro de la pollera joven no respondió expresión alguna: Sí, claro, es que aún tengo gente dentro en el comedor. Se refería a la gente de la tele o a la familia, la gente de la tele es familiar en las casas: otra gente no había en aquel comedor. Si no les importa van ustedes mismas a la fuente y la llenan, verán qué buena es. Estupendo, bien. Aquellos alcarreños eran tipos curiosos.

Bebieron en abundancia, hasta dos y tres vasos cada una, el agua por cierto les pareció muy buena. Y puede que fuera el hambre y el silencio que llevaban, que también comieron hasta el último bocado, sin decir palabra ni que sobrara una miga.

Llévame a la playa. Amalia se quedó de piedra: Ana, la playa más cercana está a cuatrocientos kilómetros. No, mujer, a la playa de aquí. Había visto el cartel en un par de salidas con la camioneta de la granja, aprendiendo el oficio que le correspondía en la siguiente fase: el asunto iba por fases; en vez de procesos, aquí eran fases. El compañero conductor tampoco sabía a qué demonios llamarían playa en aquel andurrial. Claro que a él también le sorprendía, pero no iba a desviarse de la ruta de trabajo, llevaba seis meses de terapia y ya no se la jugaba, por nada, y menos por una playa en La Mancha. La ruta y punto.

Llegaron a la orilla fangosa del pantano. Olía a agosto reseco y de la superficie subía un tufo a aguas estancadas.

Flotaban partículas de un moho marrón, descompuesto, y saltaban peces siniestros. Se escuchaba como un regurgitar del agua y luego el salto del pez carnívoro, carpas gordas y asesinas, ascendiendo de su cueva oscura y de ponzoña. Levantaba una brisa de las matas del tomillo, aliviando al menos la pesadez, putrefacta. Hacía calor de verdad, e intentaron remojarse, sin mucho éxito. Ana no pudo superar los escrúpulos de la memoria: Fandiño, la muerte anegada que amenazaba desde aquel fondo, turbio de ciénaga, de tacto viscoso a los pies. En la ladera más alta del pantano se levantaba una estructura alargada, un monolito coronado por un dios abierto de brazos, como el Pao d'açucar brasileño. Velaba tal vez a los bañistas, no fueran a ser tragados por la venganza del mundo yacente, ahogado. Doce años vive la carpa.

En aquella playa socarrada había hasta paseo marítimo, y una flecha obligaba al conductor a recorrerlo, el paseo a lo largo. En el centro un gran ancla en hierro fundido sobre mármol, mármol por todas partes: en el pueblo fabricaban lápidas.

Poco antes de despedirse, Ana le habló de su porvenir en la granja. Los monitores ya habían diseñado su ocupación: sería operaria en la planta destiladora de lavanda, una instalación desahuciada y heredada de Aromáticas de la Alcarria. Se la enseñó de lejos, antes de cruzar el portón de entrada: era una plataforma metálica de unos cuarenta metros cuadrados bajo un techo de uralita hirviente, con tres grandes probetas alineadas, comunicadas como vasos y rematadas por una chimenea.

En las ollas cocerían la flor, y el olor seco e incisivo, y aquel color malva, se incrustarían en el recuerdo de Ana como una pústula. No era para menos, el olor.

De momento había que cuidar la planta, en plena floración, cortarla y conservarla hasta septiembre, que era cuando empezaba la faena de destilado; luego vendría el envasado y la distribución. Una forma olorosa de ganarse la vida, en medio de la tristeza, esa especie de pena que se purgaba en Alcohete, encerrados del mundo, cuarenta almas. No necesitaba decir lo mal que lo estaba pasando, ni mencionar la nostalgia que le devoraba.

La despidió llorando, así marchó ella también, esta vez directa a Madrid y sin ver, bastante había visto de la Alcarria.

Echó el otoño y también el invierno, tiempo necesario, con tanta fase. En primavera dejó la granja. Su ánimo se había recuperado, con un espíritu de comunidad adquirido que sorprendía, qué bien salían los chicos de la granja, ¿y si luego resultaba efímero? Ana había sido tratada con ansiolíticos y quién sabe qué: ¿Pero no era todo natural? No hay naturaleza que combata la química, aseguraba entonces aquel psiquiatra francés, el jefe, y a ella le decían que las pócimas sólo llevaban vitaminas, el francés entendidísimo. Acuérdate que estamos en París, Ana. Por ahí se les ocurrió lo de Francia. A primera vista, se diría que Ana tenía buen color, al menos en la cara, porque después de la destilación vinieron otras ocupaciones al aire libre. Pero lo cierto es que sólo llevaba así el rostro, y no era tostado el color, era un tono raro, más que tostado, aceituno. El resto, pálido o gris; el cuerpo guardado del frío bajo siete jerseys, un frío que no era normal. Siguieron a la destilación algunas labores en el pequeño huerto, único valor conservado del monasterio además del aire fantasmal: higueras y membrillos. Hacían compotas y confituras, las envasaban y las vendían a las distribuidoras porque la etiqueta de la granja no era buena para el comercio. Prejuicios, dirían que los botes llevaban veneno. En los pueblos de alrededor nunca supieron exactamente a qué se dedicaba aquella pandilla estrafalaria. Aún sin saber, conjeturaban.

Pasaron tres días en Guadalajara ciudad, en hotelito de las afueras, hospedería real, por si a ella le entraba una crisis de pánico o algo parecido, destetada de la granja, arrancada de sus cuarenta hermanos. Pararon a sólo treinta kilómetros, y así, ante un imprevisto, en un tirón de coche arreglaban. Fue un alto en el viaje al mundo. Ana quiso vestirse aquellos pantalones rojos que Amalia le había comprado de memoria, una treinta y ocho, le quedaban enormes, Ana sin culo ni caderas. Y ya en el camino de vuelta, Amalia empezó a hablarle de un taller de escritura, lo había consultado con los monitores del centro, un taller para escribir: No, no te enseñan a escribir, mujer, te orientan. Y como Ana no respondía, sobre la marcha se le ocurrió aquella vaguedad de la restauración de muebles. Vale. ¿Qué? Que eso podría estar bien —y Amalia tan sorprendida. Ana nunca iría al taller. Luego vendría la vuelta irremediable al pueblo: Acuérdate que venimos de París, Ana, o la mentira que creyeron en Caeiro; la huida a Londres y el regreso a Madrid, por el curso de Amalia y por su empeño en retener a Ana en la ciudad estéril, a vueltas con la escuela taller, un sueño. La había visto todo el verano prendida a un cuaderno de notas, gordo, con los cantos sobados, las hojas abarquilladas de humedad y porquería. Sólo le había abierto un fragmento breve, la descripción de una mañana de niebla en Londres, de un otoño precipitado a principios de septiembre, las dos esperando el autobús para acercarse al centro de análisis donde habían de medir las constantes hepáticas de Ana, una rutina, tan dañado el hígado. Era un fragmento melancólico y por ello cargado de ganas que, escribía ella: Se me van por un sumidero y me planto en medio y detengo un remolino de aguas que se lleva mis fuerzas entre basuras, y apesta.

Agotada la avalancha turística, el *bed and brekfast* de Kensington prescindió de sus servicios y ellas regresaron a Madrid. Les olió la casa naftalina, herencia de anteriores huéspedes arraigada en los armarios, ¿o era el aire encerrado, o tal vez fuera la pereza que ellas arrastraban, pesarosas y cansinas? Abrieron ventanas, dejaron que el viento corriera aliviando el ánimo. En la calle vieron carteles de un concierto de los Stranglers, se arreglaron y allá fueron: a una sala de moda, de atmósfera lacónica, casi siniestra. La gente enfundada en negro sobre negro, sobresaliendo cabezas alborotadas, los pelos tiesos y achicharrados, atufando a laca. También ellas traían un aspecto en cierto modo gótico, de importación londinense, rayando en un nuevo romanticismo. El ambiente noctívago le devolvió a Amalia una nostalgia mundana, olvidada de su mundo en el cuidado de la amiga: Oye, ¿por qué no hago una fiesta en casa?, le dijo. Bien. Repasó el listín. Y los amigos: Ah, ¿pero no te habías muerto? Y ella: Ven a la *rentrée*, tráete a quien quieras. A la llamada acudió gente, mucha, caras mayormente bronceadas, contando sin parar relatos veraniegos de escaso interés. Hubo de todo, moteros y poetas pretenciosos, niñas bien de colegio y estudiantes dejados a la bohemia. Amalia sirviendo copas y agradando, por vocación, y Ana, bailando; bailó y bailó, dichosa, porque a punto había estado de creer que su edad se multiplicara por cinco, en cinco años fatales, jubilada la alegría, a los veinticinco. ¡Es estupendo volver a bailar!, gritaba. A la media hora ya iba desatada, estaba adolescente y guapa, coqueteando como una loca, terminó como era de imaginar: feliz de inconsciencia.

El día después estalló la tempestad, al revés que en las tormentas marinas. ¡No tienes nada que decirme, quita esa cara Amalia!, toda la noche bebí cocacola, pasaron mil porros por mi nariz y ni una calada, ¿me oyes?, ni una calada les di. Sí, y ¿con quién terminaste la faena?, ¿crees que no lo vi venir desde el fondo del pasillo, con las mejillas aún congestionadas? Y Ana, que llevaba un año de abstinencia, sin contar el paso fugaz por Caeiro, Ana avergonzada de su ardor, las ganas de querer. Y seguro que lo hicisteis a pelo —siguió. Como si lo viera, con ese bruto, menudo elemento fuiste a liarte, ¿pero es que tú no lees las noticias de lo que anda por ahí?, tanto leer tanto leer y no te enteras. Mira, no aguanto más tu charla, otra vez con ese punto de monja que te da, yo me marcho y listo. Pues por lo menos hazte la prueba esa antes de irte, a ver si vas a llegar al pueblo con un paquete. Me la hicieron en la granja. ¿Y después de la granja, qué?, cualquier día coges la sífilis, de la granja vinieron muchos informes y ninguno de sida. Lo había dicho: Amalia hablando de más. Quedó apesadumbrada. Y a Ana le contagió la duda, cabalgándole en la cabeza el día y la noche entera, sin dormir: ¿no le habían hecho pruebas?

Fue en la calle Fúcar, y fue gratis porque entraba dentro de los grupos de riesgo alto, y así quedó registrado para uso de las estadísticas. Amalia la acompañó la mañana que fue a recoger los resultados, con una especie de pesar dándole fuerte en el pecho: quién le mandaba a ella meterle a Ana aquella angustia en el cuerpo; se la había metido bien.

Allí estaban. Las recibió un médico joven, con los resultados escritos en la cara, y en la ficha: Ana Baamonde Patiño, 25 años, soltera, historial médico de toxicomanía aguda y recurrente, adicción parenteral a la heroína, cesó hace un año y tres meses, no se registra recaída: ¿Su hermana? No, mi amiga. ¿Sus padres? Diga lo que tenga que decir. Es usted portadora del virus VIH.

Fue como saltar la sima abierta de un abismo infinito: La enfermedad puede desarrollarse en cualquier momento o permanecer latente por un período máximo de siete años —el médico continuaba. Amalia la agarró, primero de las manos, luego la estrechó contra su cuerpo y en ese abrazo se ahogaron los gritos, porque el médico aún seguía: Nosotros la pondremos en contacto con la unidad de Medicina Interna del Hospital Clínico. Entonces vio los ojos de Ana, encendidos en sangre, y la embistió un terror; y a ciegas buscó un resquicio de calma y cordura. Debe hacerse un chequeo profundo y someterse al tratamiento que le marquen —el médico tratando de no mirar, en su perorata.

Esta vez la muerte ya no era un juego, empezaba a ser algo real. No ha de desesperarse, no está todo perdido. Y el joven doctor pronunció una pausa, como preguntándose si todo estaría perdido.

Quedaron solas, llenas de soledad absoluta. Disponían sólo de aquellas indicaciones médicas: No han de perder la serenidad, y lo primero es contar con la familia, ¿tiene usted familia? Tenía familia. Fueron al Clínico, la chequearon de arriba abajo, el virus estaba aún dormido, pero debía empezar cuanto antes con el tratamiento de AZT, era lo prescrito, y cuidar el estado anímico, el alma se consideraba parte importante en la evolución de aquella enfermedad todavía desconocida. El seguimiento podía hacérsele en la unidad más próxima a su domicilio familiar, se significaba el contacto con la familia, los médicos insistían: Debe elegir una persona responsable que se haga cargo de la medicación.

Esa misma tarde llenaron las maletas y salieron con la primera luz de la mañana, mañana oscura del mes de octubre.

Viajaron sin levantar sospecha, sin ruido, sin avisar, como los ofidios reptan. Alerta sólo el presentimiento de madre de la señora Aurora, llamando cada rato al apartamento de Madrid, hacía ya tres días, porque algo notaba, lejos, inmensamente lejos aún: Ana, es tu madre, que te pongas. Dile que ahora no puedo, que estoy en el baño y que ya la llamo yo. Lleváis así tres días, ¿crees que es tonta?, es mejor que te pongas. Me lo va a notar. Tchissss, vale, se lo digo, no grites. Y el último día debió llamar mucho, porque el teléfono sonó cada media hora y, ya hartas, el estómago encogido a cada ring, lo desconectaron de la pared. En el camino inventaron, para la llegada, que habían vuelto a buscar ropa de invierno y libros, aprovechando un puente, qué más daba, un puente y basta; y porque además les apretaba la nostalgia. Amalia conducía sin concentrarse, tuvo un par de sustos, sintió que la quería más que nunca.

Una noche de lobos se cernía sobre el pueblo de Caeiro. Entraron despacio por la carretera general hasta la plaza del Mar, dos giros a la derecha y enfilaron Comandante Lobo, cuesta arriba. La luz de la casa de los Baamonde iluminaba pálida, apartando la bruma espesa que se abría a su paso por el pequeño farol entre la puerta y el ventanal bajo. Aparcaron y, antes de cerrar las puertas del coche, el señor Emilio ya asomaba la cabeza tras los visillos del cuarto de estar. Ana, tú muy entera, aguanta hasta mañana. También habían dispuesto no contar nada hasta el día siguiente, la noche y el cansancio no eran propicios. Primero le hablarían al padre, y él ya diría cómo le hacían saber a la madre, y a nadie más. Amalia, espera antes de subir a tu casa, no me dejes sola con ellos. Descuida. Contaron la mentira preparada y explicaron que el viaje les había dejado baldadas, mucho tráfico y el agua cayendo a mares: Pesadísimo, cuatro horas desde León. Pero nada las libró del caldo de navizas ni de la tortilla que la Eulalia preparó enseguida, jugosita y con mucha cebolla: *A delicia da miña Aniña, ay miña nena, botasete en falta*.

Un mal rato frente a los platos, tragando como podían, la glotis atrancada de angustia. Nada más cenar, subieron al cuarto, Ana cansada y con mala cara, nadie la retuvo, el silencio presagiaba algo malo. Tómate esto y duerme, mañana temprano estoy aquí. Amalia le dio un somnífero y un beso enorme, el más grande que ella recordara. Dicen que el amor es un sentimiento brutal que le asalta a uno dejándole sin fuerzas, sin guía, sin nada, un barco sin gobierno a la deriva: cómo la quería, cómo la quería.

Enfiló a Castro, le esperaba la segunda parte de los hechos. Había avisado que llegaba, por teléfono y esa misma tarde desde el camino, asegurándose de que Pamelia no tuviera tiempo a dar el parte en ningún mostrador del pueblo: *Veñen a señorita Amalia e mais a de Baamonde. ¿É? Dijo eu que algo han de traer.* Pamelia encargada de atender hasta la última cena que pudiera presentarse en Santa Amalia, y ella, a propósito por retenerla: No sé si llegaré cenada.

Aquel viaje por sorpresa iba a enseñarle a Amalia otra cara de la realidad, que tal vez fuera la que tanto le faltaba. Era la soledad de su madre, espeluznante, acompañada sólo por la legión de fantasmas paseando entre aquellas paredes adustas, cuartos vacíos, cerrados los muros bajo siete llaves, cortando el paso al frío y la humedad y a otros males de cuenta ajena. Pamelia le ayudó con los bultos, pesados, quién sabe cuánto tiempo quedaría allí. Quizá el viaje fuera un ensayo del regreso, o una previsión para lo que pudiera venir: un agujero en la vida. Traía sin pensarlo esas cosas que se acumulan en los años de estudio, que se amontonan sin saber cómo: Y mucho trae aquí, señorita Amalia.

La madre la esperaba, como un espectro, envuelta en una bata de satén rosa, el pelo suelto, mostrando el paso de los años en sus mechones canos y descuidados.

Ella la abrazó y rompió a llorar, como una niña, y doña Amalia qué sabía, si nadie le contaba nunca nada. Y ahora ¿qué le decía?, a la madre, ¿que estaba triste?, ¿que no sabía por qué?, ¿que por eso venía? Lo que te pasa es que estás deprimida, mira, como yo; yo siempre estoy deprimida, pero tú aún eres joven Amalita, no debes llorar, a lo mejor te gusta un chico y no te hace caso, ¿es eso?

Su madre en Orsay, fue testigo mudo de toda su pena. Y le dejó desahogar, y ella se dejó acariciar el pelo. Y la madre le besó como si otra vez fuera pequeña, y después de un rato de sollozos y palabras sordas sin sentido, las dos quedaron relajadas y se prometieron ir juntas al día siguiente a la peluquería, para empezar a levantar cabeza: lo de la peluquería era siempre socorrido, santo remedio, como lavarse la cara después de llorar. ¿Papá dónde está? Fuera, llega el domingo. Lo dijo impasible, como prediciendo lluvia en los próximos días, allí que el agua nunca faltaba.

Amalia despertó antes de amanecer el día, empapada en las sábanas por una pesadilla que aún recordaba. Y así prendida en el sueño, le acometió la realidad. Quiso entonces retener la pesadilla y fue imposible. Se levantó tirando del cuerpo, agotada de sabe dios qué pelea. Se metió en la ducha y se vistió abrigada, procurándose al menos el calor de las ropas. Bajó a la cocina, tenía hambre o era que los nervios la confundían, quería desayunar rápido, sin dar tiempo a las intrigas de Pamelia. Y después salir corriendo a aquella cita horrible, la peor de su vida, la peor: cómo les dirían que, decirles que…

¡Hostias!, gritó. En la cocina encontró a su madre, lista y vestida como una muñecona antigua, que le hizo frenar la carrera en seco: se le había olvidado la madre. Lo que hablaran la noche anterior le habría robado a la madre el sueño, ya liviano, entonces doña Amalia había empapelado el corcho en la pared del fondo con un arcoiris de notitas. Rosa: Me cortaré le pelo en una melena sobre los hombros, probaré un rubio claro. Azul: Pamelia, ve tú al mercado, trae el mejor pescado que haya, mucha fruta y algo de queso, mira a ver qué falta en la despensa. Blanco: Le diré a Amalita que podríamos tomar el aperitivo fuera y hacer alguna compra si tiene necesidad, seguro que tiene. Un rosario interminable. Otro rosa: Hoy me siento mejor, creo que tengo algunas ganas de vivir, se lo contaré a Antoñito cuando venga el domingo.

Le crujieron las tripas sólo de verla allí sentada, como un vigía. Le dijo Amalia que tenía algo urgente que resolver con Ana: Vuelvo enseguida, pide vez en Servanda. Servanda, peluquera de toda una vida, donde hacía una década no había vuelto doña Amalia. La dejó con un palmo de narices plantada en la cocina, muda. Cogió una fruta del cesto, ni café ni nada, cómo iba a tomarlo delante de la madre, su mirada vaciada. Sacó del ropero una gabardina sin dueño y desapareció. Fuera arreciaba la lluvia.

Al llegar a casa de los Baamonde: un cuadro. Encontró la puerta entornada, la empujó y entró sin llamar. Se asomó al cuarto de estar, y allí estaba el señor Emilio, hundido en el orejero, los ojos clavados en ningún sitio, el horror trasegando por su cara. Ana no había dormido, tan sólo un leve sueño con aquella píldora, y se había levantado, noche cerrada aún, a escarbar en la memoria de su escritorio. El padre la había oído, tampoco dormía, intuyendo sin saber qué: al señor Emilio le sor-

144

prendía su propio olfato, tan femenino. Así que llamó suavemente a la puerta de la hija, y entró en el cuarto, y leyó el pánico grabado en sus ojos y, al abrazarla, Ana se deshizo entre las mangas de su pijama: Papá, ¿qué vamos a hacer? ¿Qué tienes hija?, ¿qué fue? Lo tengo. ¿Qué tienes? Eso. ¿Eso qué? Dicen que tengo el sida. El señor Emilio sintió una punzada demoledora en el corazón: ¿Qué dices hija? Eso papá. Y ya sólo hubo desesperación, y alguna frase deshilvanada: ¡Pero no puede ser! Me hice la prueba. ¿Seguro? Dicen que es mejor que me trate aquí, junto a vosotros.

Estuvieron largo rato en el cuarto de Ana, llorando sin ruido los dos, hasta que el padre le pidió que se vistiera. Irían a respirar el aire temprano, al campo detrás de la casa, para tomar fuerzas: esa misma mañana había que contárselo a la madre, y el lunes rápido a la Residencia, que les correspondía por cartilla. No era momento para flaquezas.

Y al regresar del paseo, los hombros y la espalda pendiendo adelante, el pecho hundido, enfundados en chubasqueros y capuchas para la lluvia; al llegar, un drama: la señora Aurora andaba en bata, en la cocina, sin desayunar siquiera: Pero ¿qué pasa aquí? —muy agitada. Eulalia ¿dónde están el señor y la señorita Ana? *E eu que sei señora, levanteime cedo e xa non estaban na casa.* Habían dejado abierta la puerta del cuarto de Ana, el cuarto revuelto revuelto, la maleta sin deshacer, papeles, cuadernos y libros tirados por el suelo. También dejaron descorrido el madero que cerraba el portón trasero, el perro detrás de ellos y las luces, encendidas. Se oyeron las gomas de las botas rozando contra el ruedo de la entrada, ris ras, ris ras, y la puerta se abrió. Venían pingando de agua. La señora Aurora les salió al paso hecha una fiera: ¡Qué horas son éstas de salir sin decir adónde vais!, menudo susto. Tranquilízate mujer, ¿has desayunado ya? Ana se escurrió escaleras arriba.

No estaba la cosa para desayunos, los estómagos desiertos, mal día para desayunos, los servicios en la mesa sin tocar. La señora Aurora quiso saber inmediatamente qué pasaba: ¿A qué viene esa cara, y tanto misterio? Y el marido, el rostro abatido y los ojos inflamados: Mira Aurora, desayuna y vístete, te espero en la sala, tenemos que hablar. Sin desayuno, la madre subió al cuarto a vestirse, por no discutir, se lavó la cara y, en el momento en que Amalia miraba, paralizada, sin atreverse a dar un paso, desde la puerta al cuarto de estar, bajaba de vuelta la señora Aurora, presurosa, descompuesta antes de imaginar nada tan malo.

Amalia lo entendió enseguida: la intuición había precipitado las cosas. Ella había llegado tarde y ya lo sabían, lo estaban sabiendo. Subió al cuarto zumbando, sin saludar porque no había qué decir. Ana estaba tumbada en la cama, mirando al techo, serena, por un instante de soledad, una serenidad anticipada llevaba.

La casa retumbó aquella mañana con los gritos locos de las mujeres. Un llanto igual, agudo, de animal casi, y luego un silencio sepulcral, para que aquello no saliera de la casa: Que no se sepa —la madre en un ataque de pánico. Por nada en el mundo debía salir de la casa: pero había de salir. Pasó un rato lento, y ellas en la habitación, sentadas en el borde de la cama, Amalia hablándole, apenas unas palabras de calma. Y entonces la madre entró en el cuarto de la hija, como un volcán, y se tiró sobre ella echándola atrás en el colchón. Amalia cerró la puerta a sus espaldas y bajó, abrazó en silencio al padre, lo apretó y aún sin mediar sonido salió corriendo, subió a su coche y fue a perderse en alguna playa, frente a la fuerza imbatible de aquel mar otoñal y su resaca de espuma.

Perdió la noción del tiempo. Le despertó una pelea de perros vagabundos. Regresó al coche, chorreando agua: el reloj daba ya la una. Entonces cayó en la cuenta de que su madre llevaría cuatro horas esperándola, iba a decirle que Ana se encontraba mal, y ella no preguntaría más: Pobre chica, diría. Nunca había entendido los asuntos de esa amiga inseparable de su hija: Una pena de niña, solía comentar. Con lo mona que era, sin más.

La encontró sentada en el porche, el agua cayendo a chuzos por los aleros, oteando en la cortina de lluvia, segura de que Amalita volvería a por ella. Intacto su aspecto de muñeca. Sólo el pelo, encrespado por la humedad profusa, delataba las horas de espera. Perdón, mamá, es que Ana se encuentra mal, sabes, pero llegamos a tiempo. Empapada como estaba, los pantalones moteados de arena, cubrió a su madre con el paraguas y la metió en el Fiat: Verás qué corte de pelo nos hacemos, mamá. Sí, hija, sí, ¿qué le pasa ahora a tu amiga?, siempre le pasa algo. Nada, está mal, se queda en el pueblo, sabes, vuelvo sola a Madrid. La soledad y lo errabundo era el sino de aquella familia.

Se cortaron, les dieron color, se peinaron y las marcaron, que así dicen en la peluquería cuando a las mujeres les levantan el pelo por encima de las medidas de su cráneo. Y con aquel casco en la cabeza, oliendo a cosmética, fueron a comer al mesón de Tinín, confidente de Antoñito y sus francachelas, doña Amalia aparentando no saber nada. Amalia se desquitó con ganas, por un momento de olvido: pidió percebes, aunque no era época, y centolla, y luego sargo al horno, y suflé de la casa, que llevaba castaña, y bebió buen vino y aguardiente con el café, y se relajó con la madre, que hacía que la escuchaba y seguía en Orsay. Le habló de sus novelas preferidas, de universos literarios que la consolaban, y la madre, haciendo que la entendía.

Volvieron a Castro, las chimeneas estaban encendidas y en la casa flotaba un espejismo de hogar, a Amalia le faltaba mucho hogar. Se quitó la ropa, que no había secado y no secaría nunca, con aquella atmósfera saturada de agua. Se vistió polainas, jersey grande y de angora, y se calzó pantuflas. Y tirada en el sofá frente al fuego se sintió reina en su castillo de aire. Y su madre, feliz, mimando su reposo, estirada en su butaca ancha sin apoyar la cabeza: el peinado tenía que durar hasta el regreso de Antoñito. Amalia abría un ojo y la miraba también, con qué poco la había hecho dichosa. Y en vez de disfrutarlo empezó a sentirse culpable, por no darse cuenta hasta entonces, tan sola tenía a la madre.

La ilusión duró poco, sólo un sueño profundo y breve. Despertó a la media hora, de nuevo sobresaltada: Ana, ¿qué habría sido de ella, en aquellas horas de angustia, sola frente a sus padres y el destino horrible? Se cambió de ropa y corrió a la puerta, esta vez ya no dijo si volvería o no, ni cuando. El sueño del hogar quedaba de nuevo suspendido del portón decadente de Santa Amalia, y al salir: Mamá, habría que pintar esta puerta algún día, le dijo volviéndose, sin saber por qué lo decía, qué demonios le importaba ahora aquella puerta, desencajada en sus goznes.

La casa de Baamonde era un poema. La puerta cerrada, aquella puerta que permanecía abierta hasta en la peor galerna; las cortinas echadas: llamaba la atención tanta clausura. Amalia hizo sonar tres veces la pequeña aldaba: Síiiii, respondió un suspiro de ultratumba. Soy Amalia, señor Emilio. Él le abrió brevemente una de las hojas. Estaban los tres en la salita, pero no alrededor de la camilla familiar: arrebatados de la cadencia cotidiana, se habían sentado en los sofás del tresillo, que apenas se usaba más que para las visitas de postín, que eran bien pocas en aquella casa abierta al mundo. Estaban derrotados, pero dieron buena cuenta de su llegada, como aguardando algo capaz de aliviarles la pena: ¡Amalia, hija!, hundidos. La señora Aurora rompió en llanto, llorona a más no poder. Bueno mamá, que aquí no pasa nada, eh —Ana poniéndose en guardia: no nos precipitemos, ¿vale?, yo estoy perfectamente, ¿tú me ves mal? —abriendo los ojos, adelantándose a su rostro. Los médicos tienen esas cosas, ve tú, ve, ya verás como te encuentran artrosis o un tumor de piel o si no será el hígado o el corazón o la próstata, ¿papá tú no estarás prostático? Y así le hacía reaccionar: Hija, un respeto a tu padre. Y ella provocando, queriendo romper su letanía, y Amalia haciendo por reírse, educada, sin saber cómo ponerse, qué espanto.

Después de un día entero reconcentrados, superaron la primera angustia, no había por qué adelantarse al tiempo. Lo más complicado fue contárselo a Eulalia.

Ana quiso hacerlo ella misma, nada más deshacerse del abrazo angustioso de doña Aurora, tirada sobre ella en la cama, recuperado en un instante el sentir salvaje de una madre sobre su cría. Y la Eulalia alertada, esperando ya noticia, la vista alzada desde el hueco de la escalera, como otra madre. Luego los llantos unidos, y el silencio espeso que vino después. El nombre no era reconocible aún para la buena mujer, así pues, hubo que explicarle: Es una enfermedad mala, Eulalia, y nadie puede saber que la tengo; no es contagiosa, pero la gente cree que sí. *¿É que vai pasarte, miña rula?* Y Ana respondiendo con una mueca, y tan elocuente fue que la señora allí mismo empezó a dar alaridos: *¿Qué qué neniña?, non será eso que teñen os endrojados que todos morren coma canes, non.* Bueno Eulalia, el sida, nadie lo puede saber, ¿entiendes?; yo me quedo ahora aquí para que me miren los médicos de la Residencia... *¡Aaaaaalabado sexa o santísimo!...* para estar con los padres y para que tú me cuides... *Aniña, ay Ana, non será eso, ¿é eso?, din a verdad.* Es eso, Eulalia, es eso, y calla. La mujer rompió en un grito agudo y prolongado, como una loba, que levantó el vuelo de las pegas, picoteando los pájaros el fruto de otoño, podrido en la era; que escucharon también las gaviotas en el muelle, respondiendo a la queja en un graznido lastimoso y duradero: un bramar se formó... Y Ana la dejó así en la cocina, saliendo de la cocina en un desahogo: ¿Pero quién coño se va a morir aquí? (qué estoy diciendo). ¿Pero aquí quién ha de cuidar a quién? (qué digo). *¡Merda!*

Así que empezaron a construirle un altar fúnebre. La Eulalia, aquella mujerona de armas tomar, enfermó del disgusto y quedó encamada. Y como ella de aquella casa no salía si no era con los pies por delante, su ejército de *rapaciñas* hubo de ocuparse de las tareas domésticas. Y ella, de su Aniña.

Duro también fue el empeño que pusieron en negar la noticia. La madre, La noticia que no salga de la casa. Aquella primera tarde, daban las cinco y ya la Tona merodeaba la casa, intrigada, no aguantó: ¿A qué viene tanto misterio, las cortinas echadas? Y el señor Emilio improvisando: Mira Tona, llegó la Anita y queremos estar con ella a solas, hace tanto tiempo que no la vemos que no la vemos que… No supo qué decir, le quedó la lengua colgada. A la Tona le extrañó, tanta reserva, con la familia. Y ella, que tonta no era, empezó a hacerse conjeturas: claro, la niña había vuelto mal de aquel médico de París. Se encargó de decirlo, advirtió a todas las vecinas que no se acercaran a la casa, no recordaban la puerta cerrada desde el día que muriera el niño Simón, ¿estaban de luto?, ¿sin muerto? *¿E? Parece. ¿E logo que foi?* No entendían nada, mejor que no entendieran, no lo entenderían de ninguna manera.

6

Fundidos

Jesús estaba prácticamente tirado encima de ella, de lo que quedaba de ella. Ya no lloraba, su llanto se había apagado como le ocurre a los niños vencidos de agotamiento. Quedó sumido en una concentración más allá, suplicándole tal vez que lo llevara con ella: Ana no me dejes, Aniña, Ana Ana. Fundidos los cuerpos o los huesos, cubiertos los dos de la misma mancha encarnada, ampollas y pústulas.

Anita cayó de cabeza. Lo decían los médicos, que la certeza de tener el virus podía provocar una bajada en picado de las defensas naturales del organismo. Aún cuando el portador se encontrara sano, en cuestión de una semana, de nada, al conocer el pronóstico desarrollaba a veces un cuadro clínico de espanto. Le sucedió a ella. Los médicos hurgándole, con sondas y bisturís, frotis y biopsias, y el cuerpo de Ana, doliendo, empezó a deshacerse. ¿O sería que la habían llamado, una fuerza que viene de otro sitio, que la dispuso a una comunicación desconocida? Ana asomada al mundo que siempre rondara, allá arriba en el túnel de los árboles: los sueños de la nada, después del túnel no había más que la nada, dolía llegar a ella.

Entró en un estado de serenidad, extraña; rodeada de un creciente disparate, porque la noticia voló. Las mujeres del pueblo tenían el olfato fino de quien anda pegado a la tierra, como perros de caza, y no hubo artificio capaz de engañarlas. La lástima de la madre, la pesadumbre del señor Emilio, la postración de la Eulalia, la delgadez macilenta de Anita, y la hija de Serantes que no despegaba para Madrid, que se iba y a la semana siguiente estaba de vuelta, esquivando los regresos del padre y su interrogatorio pertinaz: ¿Qué pasa, este año no hay clases? Si a él nadie le preguntaba dónde paraba en sus días de ausencia, cada vez más frecuentes, a qué venía aquella sorna, y su amonestación: No se te ocurra traer un suspenso, eh.

El pueblo empezó a murmurar, y luego a hablar abiertamente, cuando supieron con certeza lo de Jesús Cainzos: ahí andaban los dos. A él le dieron la espalda, espalda y silencio a su alrededor. Y a ella: ella no atravesaba la puerta delantera de la casa, sólo para ir al hospital, los lunes de mañana. Iba con los padres en el taxi de Tucho, el taxista conduciendo con secreto de confesión, como un cura. Luego en la parada, ociosos, los compañeros le acosarían con preguntas, quién sabe si contaba o callaba, tampoco se sabía de los curas. Ana sólo salía a pie por la puerta de atrás, hacia el lugar de su memoria, nadie la veía.

Empezaban a organizarse en los departamentos de Medicina Interna las llamadas Unidades de Cuidados Paliativos, que ayudarían a los enfermos de sida a soportar el dolor físico y mental, o sea la inmediatez consciente de la muerte. Les decían a los pacientes que aprovecharan el tiempo que les quedaba para prepararse:

muy simple. Ana no quería darle más importancia a la vida, nunca le diera excesiva, familiarizada con la muerte desde la infancia, alimentada en su fantasía. Aquellas charlas le recordaron la catequesis parroquial. No es que negara, no era creyente ni agnóstica, se refugiaba más bien en una duda, que de tanto repetirse en su pensar se tornó plácida: la idea de regresar a la nada, a la ausencia del saber. Trataba de ordenar la realidad, más terrena que nunca, mientras su alma compañera, Amalia, batallando siempre por retenerle los pies en tierra, se iba perdiendo en una comunicación con los muertos, crédula, confiada en que los espíritus no son evanescentes sino que reposan en algún lugar desconocido. Se convenció de que Ana pronto vería a su abuela Angélica, discutiendo de asuntos mundanos con sus tíos redivivos y su esposo amantísimo, e incluso también visitaría con ellos la azotea de la casona algunas noches, y ella espiaría desde la escalera al palomar, sentada en la piedra fría.

Ana, en la tierra, le pidió a Amalia que llamara al cura. ¿Estás trastornada? Dile que venga, Amalia, para hablarle de mi madre, tiene que ayudarla, a ella puede ayudarla. Así que Amalia fue a avisarlo, no había vuelto a llamar a aquella puerta de la sacristía desde el día remoto de infancia en que escuchó a don Aniceto reírse de la confesión de su madre al sacerdote cooficiante en la festividad del mar, dos viejos desaprensivos: Doña Amalia anda preocupada, porque en sueños escucha una voz que le cuenta infidelidades de su marido. Sí, menudo es don Antonio Corvalán, ¿no será él mismo que habla, soñando en voz alta con la querida? Ya sabe, hermano Aniceto, que la infidelidad es cosa de ricos. Amalia salió corriendo sin pararse a cerrar la funda de la guitarra, sonrojada hasta la raíz del pelo, convencida de que las niñas del coro habrían escuchado lo mismo que ella. No volvió al coro ni a la misa, nadie le pidió cuentas por ello.

El cura entró con miedo en el cuarto de estar, se le notaba en sus pasos quedos, en el gesto tenso. Quiso darle la mano, y Ana la rechazó, porque advirtió que se la tendía flácida, escrupuloso don Aniceto. Se lanzó sin preámbulo: Mire, yo no le llamo para hacerle preguntas del más allá, quiero pedirle que se ocupe de mi madre, ¿me entiende? Los padres ausentados en la compra de los viernes. Que le dé consuelo, que para eso sirve su religión ¿no? La conversación fue muy breve, en términos claros, los dos solos en el tresillo, el cura sin tiempo a relajar la crispación de la boca, también las cejas enarcadas. Le prometió que lo haría, mandaría a su madre un recado por el sacristán para que fuera a verle a la parroquia, ya tendría sus palabras de consuelo preparadas. Era bueno don Aniceto, pese a todas las habladurías corriendo por las lenguas afiladas de la comarca, y pese a la suya igualmente larga y desatada.

El padre también le preocupaba, y con alivio reparó que el señor Emilio volvía a sus lecturas, prácticamente abandonadas en los últimos años por la tertulia matriarcal, tan dominante, y el dominó viril, una costumbre más. Don Emilio ya no volvió a la partida, porque un día los compañeros de juego le preguntaron a bocajarro si era verdad lo que se decía de su hija y si estaba seguro de que aquella enfermedad no contagiaba: no fuera a ser que en el roce de las fichas, nunca se sabe.

Don Emilio no era hombre de estrépito, se limitó a decir que su hija andaba mal, recogió su parka en el respaldo de la silla y marchó lento. Bordeó el puerto, y por la calle última sus pisadas le llevaron sin que él lo supiera a la cancela del cementerio. Se encontró revisando el estado de los nichos familiares. La muerte, que tiene ese lado más lacerante aún, golpeando con trámites cuando sólo queda el deseo de hacerse invisible, no existir: Esa lápida necesita un pulido —pensó. Queda sitio —se dijo también. Esa misma mañana, don Emilio había amanecido despacio, y en la vigilia no supo distinguir, si tal vez todo fuera un sueño, aquella enfermedad de su hija. La duda terminó de despertarlo y cayó en la cuenta de que la tragedia era bien real, y deseó con todas sus fuerzas no despertar nunca. Ni abrazar a su esposa pudo, su esposa que dormía, que aún había tenido el humor de colocarse unos rulos y redecilla porque aquella mañana habían de ir con Anita al hospital. Era lunes.

Fue esa bajada de defensas y fue la humedad. Apenas habían pasado tres semanas, lentas, plomizas, el invierno entrando en tromba con viento suroeste por la boca de la bahía, como si alguien hubiera abierto de par en par las puertas del infierno. Y la mañana del tercer domingo, Ana despertó con los huesos entumecidos y una especie de tapón de mocos cerrándole el paso del aire en la nariz. Se dio la vuelta en la cama, ningún olor subía de la cocina, nadie habría preparado aún el desayuno, no había ánimos, ni leche ni tostadas; y en ese movimiento mínimo de voltearse ya lo sintió: le dolían los músculos como después de una paliza, y en su cabeza imaginó un engranaje de tuercas y tornillos pesados rodando de un lado al otro del cerebro, haciéndole perder la noción de equilibrio. No había bebido la víspera, ni fumado siquiera, había subido al monte, eso sí, y se había mojado con la lluvia fina y persistente que no cesó ni un minuto desde primera hora de la tarde. O sea, que no era una resaca aunque los síntomas se parecieran. Vaya gripazo, pensó. Y en ese instante recordó lo inexorable, que cualquier achaque físico, aun pequeño, sería una grave amenaza: de cero a siete años, su esperanza clínica de vida. Se tocó la cabeza, que le daba pálpitos a la altura de la nuca, y detrás de las orejas descubrió su cráneo sembrado de una hilera de bultos muy seguidos que le dolían al tacto.

No tuvo fuerza para levantarse de la cama en todo el día. Lo peor no era el malestar físico, lo peor era el miedo, y más grave aún fue la confirmación de los médicos al día siguiente: se había desatado el principio de una neumocistosis, había que extremar los cuidados. Era el principio de todo, de todo el fin. El maldito bicho, que tantas veces permanece latente y adormecido, llegaba dispuesto a cebarse en el cuerpo hermoso de Ana, infeliz.

Quedó en la cama tres semanas largas, que no terminaban. Pese al reposo, cuanto más reposo, las fuerzas se le escurrían como los kilos, con un apretón constante en el vientre que le urgía a levantarse cada poco para ir al water. Su flaqueza dio fuerzas a la Eulalia, que empeñaba la mañana en la cocina trajinando entre *potas* y sartenes, cocinando en exceso, para toda una guerra. Luego a la tarde, sin que ella supiera, porque una vez preparadas las viandas se echaba en la cama a llorar y no había dios que la levantara, la legión de *rapaciñas* se repartía todo el sobrante. Nada podía cambiar el estado de las cosas, para qué iba a meter la nariz la señora Aurora, en aquel desmán de cocina. Asomaba por allí a la hora de la siesta, cuando la Ripa, la Cagalleta y Secundina la Saboya cambiaban la bata de faena por su ropa: Miren, repártanse la comida y llévenla a sus casas, que allí hará más falta, aquí todo se echa a perder; que les aproveche. Gracias señora. Hala, hasta mañana. Y a la mañana siguiente, otra vez la Eulalia cocinaba todo cuanto encontrara en la nevera, y si algo más le hacía falta mandaba a una de las muchachas con el encargo: Que me despache el pescado del día. Y allá iba el pescado a la tarde para la cena del marido o la madre de cualquiera de ellas, a ver en qué lote iba.

Cuanta más comida preparaba Eulalia, en aquella casa menos se comía: dos síntomas antagónicos de la misma enfermedad.

Ana tenía un espejo grande en la habitación, un espejo de pared, pensó en taparlo, casi todos pensaron en taparlo, pero nadie se atrevió. De modo que ella veía su imagen toda vez que se incorporaba, porque la vista se le iba al espejo: demacrada y pálida, las ojeras y los huesos desmesurándose día a día. Y aún era peor verse en Jesús. Jesús venía todas las tardes después de comer, el tiempo que Amalia, si estaba en el pueblo, dedicaba a hacer compañía a su madre y al resto de los espíritus que deambulaban los corredores allá arriba en Castro, seres imaginados que al paso también iban amortiguando los golpes en su cabeza, poblándola de fantástico consuelo.

Jesús sabía de lo suyo hacía dos meses y medio. Él no había pedido las pruebas, las encargó el internista, por pura evidencia, aquejado otra vez Jesús de una hepatitis de caballo, ahora C, y con la piel delatando ya el estigma, que en los informes llamaban sarcoma de Kaposi, esas manchas feas feas, del color escarlata de la sangre: Multiformes y bulbosas, decían los médicos.

A él su enfermedad parecía darle más o menos igual, en el fondo llevaba años más muerto que vivo, mitad aquí mitad allá; pero lo de Ana le aniquilaba. Pasaban aquellas tardes a solas, inánimes los dos, fumaban porros y caían en un silencio sepulcral. Ana a veces le pedía que hiciera un cigarrillo de heroína, para perderse del todo. Tenía la certeza de que él seguía con su rutina de *yonqui*, agotando las últimas existencias del hermano, las suyas agotadas ya, la casa hipotecada: no cambiaría su historia por muchos años que viviera. Una vez hicieron el amor en la camita, sin ruido, sin aspavientos, con un deseo ciego y mudo. Terminaron deshechos en lágrimas, que no eran de emoción, eran de una pena inmensa. No querían volver a hacerlo; se lastimaban.

Veintitantos días quieta. Sin subir a la arboleda, sin pasear por el monte. Quieta en la casa. Cuando el dolor de cabeza le dejaba, devoraba los libros que Amalia le traía. Y una mañana se atrevió a llamar al bueno de Outeiriño, para contarle y pedirle literatura, que era un alivio. Al librero el encargo le cayó como una condena, y al día siguiente por la tarde se presentó en Caeiro cargado con dos cajas repletas de novela y poesía, muy escogida. Llegó en el cambio de guardia, y menos mal que Jesús ya se iba, porque a Outeiriño la visión del chico le clavó los pies al suelo y le dejó sin habla. Y sumó la impresión a la de ver a Ana, que bajaba las escaleras del brazo del novio, el novio era la muerte, menuda pareja hacían. Y ella vestida tal y como antes iría, con siete kilos de menos, flotando en la ropa, cubierto el pecho con una toquillita amarillo pálido que le sentaba como un tiro. Aaaaana, queriiiida —el librero queriendo saludar, natural, y no salía del pasmo, la lengua trastabillada, nada más pudo decir. Lo dijo todo ella: Outeiriño qué alegría volver a verte, pero ¡qué traes ahí!, ¿una liquidación por reformas?, te has vuelto loco, ay qué ilusión me hace.

Fueron viendo los libros uno por uno, y Ana agradeciéndole con énfasis. Pero se emocionó y fue terrible, ella hablando de su muerte y el bueno de Outeiriño sin saber dónde meterse. Y en esto llegó Amalia y como pudo cambió de conversación: Bueno Ana, a esto se le llama tener un amigo, hay literatura aquí para no aburrirse nunca. Literatura para toda una vida, respondió ella. Las conversaciones con Ana se poblaban de silencios, crecían los silencios con los días. Pero aquel fue un día bueno, muy hablado, terminaron la tarde en torno a la mesa camilla y la cena, con los señores Baamonde sumados a la tertulia. Aquéllos eran cuidados paliativos, no los del hospital.

En el hospital manejaban una máxima que a Ana le era naturalmente incomprensible: prepararse para morir significaba profundizar en las relaciones con los demás, ¿qué dejo en cada uno de los seres a los que quiero? A ella en su escepticismo todo aquello le parecía grandilocuente: Qué coño voy a dejar yo más que un recuerdo maldito en la mente de todos estos. Si la culpa existía, razonaba, ella era la única responsable de lo que le ocurría, y peor aún, del sufrimiento de los demás. Se lo contó a Amalia, y entonces Amalia le recordó también asuntos maravillosos que habían vivido juntas y que para ella no eran pasado, sino nostalgia de más futuro: lo mismo que le ocurría con la memoria de la abuela Angélica. Se sacó el anillo de su índice derecho y lo colocó en el dedo de Ana, le bailaba: Ten cuidado de no perderlo. ¿Por qué me das esto?, ¿para mi mano de muerta?: es el anillo de tu familia, guárdalo por si algún día tienes una hija. La ocurrencia casi les hace reír, o sonrieron, empeñadas en conservar el humor. Quiero que vaya contigo allí donde te encuentres, a mí me queda tu memoria, que es mucho más grande que ningún anillo posible.

En cuanto el pecho y el vientre aliviaron su empuje, Ana volvió a sus escapadas al monte y hasta recuperó un par de kilos, con el afán y los caldos de Eulalia, que también se sobreponía la buena mujer. En realidad, con aquella cura sanaron todos un poco, pero ninguno fue el mismo de antes. Ana tampoco era la misma, una parte faltaba ya.

Tenía sus maletas preparadas, poca cosa pero de mucho bulto: un bolsón grande con libros, calcetines, un par de botas y unas zapatillas de tenis, bufandas y algún gorro, y otra maleta con prendas interiores, ropa gruesa para el trayecto y algo ligero para los puertos cálidos. Eran ya las doce del mediodía, y el barco partía a las tres. En el puerto encontraría a Simón. Había sido un día grande, el día que Simón la visitó: lo encontró cruzando el maizal a barbecho detrás de las cuadras de Numancio. ¿Adónde vas? Y ella, ¿Me hablas a mí? Sí; no veo a nadie más por aquí. ¿Te conozco de algo? Soy Simón, ¿no me reconoces? Simóooooon, Dios bendito, Simón. Siempre había estado segura de encontrarlo, tarde o temprano, en la arboleda, con los eucaliptos creciendo voraces, comiendo carballos y castaños, o de camino, justo como había sucedido: lugares propicios para tal encuentro. Le contó el hermano que, de paso en la azotea de Santa Amalia, una noche clara y extraña de diciembre, había escuchado a la vieja Angélica comentando con el marido que Anita Baamonde estaba enferma: Sí, hombre, la amiga de la niña, había dicho. Y dijo también que tal vez no te quedase mucho tiempo por aquí: y yo no aguanté, hermana, tuve que venir, a ver si vas a perderte en el viaje. Esa misma tarde planearon la travesía. En barco. Sí, claro. Y los dos de acuerdo: El barco es una pequeña aldea rotando por el mundo.

Embarcaron puntuales, les esperaban venticinco días de travesía atlántica, imaginando otros pasajes remotos que trajeron y llevaron a sus bisabuelos de una orilla a otra del océano, dejando historias y vidas. Una vez en el Caribe, el barco haría un periplo por más de treinta puertos e islas. Se registraron como una pareja, porque iban a compartir camarote y no querían miradas raras. Tenían casi veinte años de vida para contarse en veinte mil millas marinas. Simón estaba enterado de casi todo lo que había sucedido, pero disfrutaba con los relatos de Ana, a veces cargados de mala intención. En particular al referirse al comadreo y a cómo su padre se dejaba manejar como un botarate por todas aquellas señoras gritonas que frecuentaban las tardes de la familia. Manejaron todo lo que quisieron menos a ti, hermana. Eso dicen. Y Simón le contó cómo se había divertido alguna noche metiéndose sin hacer ruido en el cuarto de la Eulalia, al calor de su cuerpo enorme, añorando la tierra, refozando entre sus tetas grandes y jugosas hasta que ella despertaba jadeando, volada. Entonces él se esfumaba como un sueño, y ella se arrodillaba rezando a la virgen de su altarcito en la mesilla, la de Chamorro, la misma que velaba por *o seu Tono*, el marido perdido. Le pedía perdón por su calentura, le prometía novenas y volvía a echarse, ya apaciguada. La dejaba bien dormida, aliviada de cuerpo y reconfortada por los rezos. Pobre mujer, viuda desde tan joven, cuarenta años llorando al marido, muerto en el percebe, colgado de una cuerda, en un azote de mar contra paredes de piedra afilada allá en Prioriño.

Cuando llegaron al puerto de La Habana, los dos tuvieron la sensación de haber estado allí antes: tal vez fuera la memoria heredada. Los recibió una pequeña comparsa, siete músicos y dos bailarinas, que enseguida les contagió el ritmo. Pisaban tierra después de veinticinco días al vaivén de la mar, las olas meciendo aún en su cabeza. Les obsequiaron con un cóctel de bienvenida, que era agua de selz con granadina y un chorrito de ron Arechabala. Y el bebedizo, y la emoción de llegar, y aquel donaire endemoniado, los puso a bailar al mismo pie de la rampa de descenso. Siguiendo a la comparsa llegaron a la Plaza de la Catedral, más tragos y guarachas, y así por toda La Habana vieja: envueltos iban en un frenesí que no les abandonaría ni les dejaría dormir durante los siete días que el barco permaneció atracado en el muelle de la bahía. Una emoción llevaban que hasta el olor a zotal y miseria les parecía aroma de jazmín; los olores son recuerdo.

163

En La Habana dejaron todo lo que llevaban, menos lo puesto. Cuando el barcazo soltó amarras, en el dique frente al Castillo de la Prisión, una larga prole agitaba brazos y pañuelos y lloraba la marcha de Ana y Simón, los galleguitos. En todos sus bolsillos un papelito cuadrado color amarillo, con esperanza y una dirección que Ana había repartido: las señas de un lugar de origen que no estaba segura de si existía o era también un sueño.

El resto del periplo transcurrió en una evocación constante del paso habanero. Tocaron puertos curiosos, como el de Isla Tortuga, lugar de piratas, Limón y sus playas rastafaris. Y otros donde apenas sí bajaron, como Puerto Rico o la venezolana Aruba, puertos francos donde las señoras gordas de los señores ricos se lanzaban en tromba rampa abajo, a comprar para volver al barco repletas de bolsas, los maridos detrás escorados, con más bolsas todavía, que entre las bolsas y la barriga no acertaban a ver la rampa. Y una vez arriba mostraban: ¿Cuánto? Nada, chica, cien dólares. Casi todo a cien, todas las cosas a pares. Ana compró frente al barco unos vaqueros pasados de moda y ropa interior, que la había regalado casi toda, las habaneras pirradas por el encaje: *¡Clase de sostén, mijita!* Le hizo falta reponer, porque la única muda que tenía en las noches del barco no secaba. Nada más quiso de aquel jolgorio. Simón andaba como muerto vuelto a la vida. Despistó a su hermana y regresó con un anillo simple de oro y coral negro: Cierra los ojos y dame las manos. Ana recordó la sortija que Amalia le había colocado en el índice derecho: Cuídate de no perderla. Y que aún flotaba en su dedo delgado, ¿o sería otro dedo?, ¿por qué los dos anillos eran uno?

Había llegado el momento de corresponderle. Le dijo que esperara allí mismo donde estaba, en la cubierta de popa, tumbado sobre una hamaca a rayas azules y blancas, con su pajizo siempre calado hasta las orejas. Ana bajó a por la cajita de latón, todo el viaje escondida: cinco madelmanes, cuatro indios verdes, un soldadito marrón y dos coches de scalextric. Con ella apretada contra el pecho subió de nuevo zumbando, atravesó la borda del barco e iba ya sin fuelle cuando divisó las hamacas de popa, su bolsito dejado en una de ellas: Pero, ¿dónde?… Ni rastro de Simón. Dio vueltas inquieta, lo esperó, quizá hubiera ido a buscar un par de tragos. Aunque, ¿no le había dicho que no se moviera? Lo buscó desesperada, luego enloquecida, aferrada a la caja como una madre se abraza al cajón mortuorio de su hijo. Preguntó, nadie sabía de qué hablaba. Simón parecía no haber estado allí nunca, no haber embarcado jamás.

Deambulaba por en el puerto de la ciudad como un alma en pena. Hacía una mañana de febrero soleada, de sol pálido como una caricia. Ana paseó hasta el final del nuevo espigón, de kilómetro y medio, y a la vuelta se sentó en uno de sus bancos, contemplando la faena de un carguero averiado. Cruzaban también barcazas de remolque, buscando lastre, husmeando de aquí para allá en un rumor siniestro. En el carguero, de tamaño medio, técnicos de sabe dios dónde conectando dios sabe con quién en un idioma que no existía: *Thebestwillbesendusahelp, 38586857SB1; Igivethepasaportnumber, mine*. Los barcos son patria de nadie; a bordo, ni el tiempo es dueño de nada. Los técnicos quedaron esperando, en sus buzos, sin mediar palabra, sin lenguaje.

Corrió el invierno, lento pero aventado, y en casa de los Baamonde empezó a crecer la sensación de que aquello aún duraría mucho. El devenir, al pairo del tiempo. Y Ana como en un letargo, se diría que estaba a gusto, abandonada a aquellas fantasías que la viajaban.

Cambiaron algunas cosas o más bien el orden de las cosas, la casa de Baamonde se dio la vuelta a sí misma: poniendo por eje la escalera, lo de delante vino atrás y viceversa. O sea, que el portón trasero, siempre sujeto con tranca, se dejaba ahora abierto la mayor parte del día. En cambio, la terracita del chaflán delantero, donde a no ser que lloviera o aún en los días de lluvia se esparcían las sillas de rejilla, el chaflán nunca más recibió visita. Sólo la Tona asomaba al pasillo en penumbra, como acertando a pasar por allí: Qué, ¿cómo anda? La callada por respuesta: Aquí andamos, como siempre —ni a su propia hermana le arrancaba palabra. La casa se impregnó de olor a estiércol, que llegaba en vaharadas desde las cuadras, y del gruñido hosco y cálido de quienes entraban por el patio de atrás, gentes de pocas palabras, las pocas que hacían falta: *¿Qué, hoxe que foi? Nada. Poiiis.* Apenas monosílabos.

Los lunes seguían yendo a la Residencia, ahora sólo Ana y el padre, entre los dos convencieron a la madre: Nos arreglamos bien, ¿para qué vas a venir? La señora Aurora no soportaba en silencio el panorama de aquella sala de espera, todos conocidos de su hija: Pero qué parva anduve —se dolía. Qué parva —y lo decía en alto.

Aquellos tipos del demonio comentando su estado físico, como batiendo un récord: a ver quién se encontraba más bajo de CD4, los linfocitos primordiales, cual defensas en un equipo de fútbol: a ver quién se había metido más tóxicos en su vida. Y el coraje que esto le daba a la madre, le duraba como poco hasta el jueves siguiente: Pero qué parva anduve, repetía; hasta el jueves, día de tregua, reconfortada por el cura. El domingo retomaba la retahíla, anticipándose al lunes, olvidada del sosiego divino: quién mandaría a su hija juntarse con esa gente, la culpa era siempre de *esa gente*. Esa misma gente que competía en el hospital, ufanos de su mala suerte, engrandecidos de su fatalismo, una vez en la calle, todo lo negaba. Convenciéndose a sí mismos de una existencia normal, ni siquiera admitían su condición de enfermos; era invención de otros, otros con mala sangre, campeones de la cizaña, hablando siempre de más. Y sentían un profundo rencor contra el mundo, contra sus propios amigos si es que los tenían, hablando mal y a las espaldas unos de otros.

Algunos de los que habían quedado a salvo, por el momento, se metían en labores de voluntariado. Desconfiados de su propia suerte: temiendo mañana lo peor; como haciendo votos religiosos para librar la espiral desgraciada, obra del azar. Bendito azar.

Cuando Ana empezó a resentirse de aquella debilidad muscular en las piernas, los médicos le aconsejaron sesiones de rehabilitación para estimular los tejidos que se iban deteriorando. Tres días a la semana, cogía el autobús temprano y luego un taxi de la parada a la Residencia, porque el tramo, dos kilómetros aproximados, se le antojaba insufrible, en su malestar. Al tercer día la estaban esperando. Teresa la de Monchiño en su Seat seiscientos, esposa de uno de los primeros caídos, dedicada febrilmente a la causa desde su viudez prematura: Ana, te llevo al hospital. Fue tal el sopetón, que ella montó en el coche sin pensarlo, e inmediatamente tuvo la sensación de haber sido acogida por el cuerpo de Cáritas, apiadado de su vida descarriada, de su infortunio. La tal Teresa, que había estado en todas, a qué jugaba. Ana fue en silencio, y la otra, hablando sin parar, con voz lastimera: ¿Sabes quién está fatal? No. Pues el Fiz, pobre. ¿Y sabes lo de Antón Viqueira? No. Pues también horrible. Y lo último que dijo fue: Te espero a la salida para bajarte. No hace falta. Pero mujer. Prefiero bajar sola, gracias. La Teresa quedó tiesa, pegada al volante. Y estas personas, almas de la caridad, corazón de Jesús, ¿cómo se enteraban de los pormenores de las vidas ajenas? Ana asombrada y molesta, se sintió espiada: Pero ¿cómo se enteran?, se preguntaba, indignada, a salvo en los pasillos del hospital. Tres sesiones y ya lo sabían, la corporación del virus.

No fue el único encuentro, ni el primero. En el autobús no resultaba indiferente a los viajeros, tampoco a los empleados. Dos veces que el revisor montó a comprobar los billetes, pasó de largo el asiento de Ana como si en lugar de una persona allí se sentara un espectro invisible. Claro, los empleados la conocían desde niña, dos trayectos al día, ida y vuelta al colegio, y luego los sábados otros dos, de compras o castigada al colegio vacío, y el domingo al cine o la tarde adolescente perdida con cocacola en un Hut de aquellos, perrito con ketchup y mostaza. Y ahora sabían de ella por comentarios. Había mujeres que la miraban con miedo, hombres a punto de escupirle, mucha gente que conocía y a quien mejor no saludaba, por no molestar, haciendo siempre que no veía, la vista larga. Compañeros de juegos infantiles, correrías adolescentes. Niñas del colegio. Fue una de su clase durante la EGB, Isabel Aneiros la rubia, la única persona que un día quiso ocupar el asiento a su lado, maldita la hora: Qué tal Ana, ¿cómo estás? —preguntado en tono compungido, y con gesto fruncido fingiendo no sé sabe qué condolencia. Yo bien, ¿y tú? Me ha dicho mi madre que andas regular —el gesto aún más acentuado, con mucha grima. Es que yo ya no vivo aquí, ¿sabes?, me casé y tengo dos niños y como mi marido es jefe de personal en... Pues dile a tu madre que yo me encuentro bastante bien, puede que mejor que ella; que no me he casado, que no tengo ningún hijo, que no voy a tenerlo nunca y que el día que me duela algo ya le enviaré recado para que lo sepa enseguida, vaya, que estoy regular dice. La chica enrojeció hasta la raíz ennegrecida de su pelo panocha, y ella pensando cómo era posible llevar el mismo tinte equivocado durante más de veinte años: Te sienta muy mal ese color de pelo —le dijo, mirándola de frente. La otra, demudada aún, se apeó en la parada siguiente, que no era la suya. Adiós. Hala.

La rehabilitación duró dos semanas, porque se hizo insoportable. No la rehabilitación, que era una especie de locura, dos horas allí malgastadas, sin poder ni hojear un periódico ni tampoco soltar el pensamiento, porque había de estar atenta. Para subir veinte veces cada pierna tirando de un saco de arena, otras veinte una polea de acero, cuarenta descargas de una corriente en el muslo, sensación tan ajena y espantosa, diez minutos pedaleando en una bicicleta estática de las primeras que salieron y desde entonces sin engrasar, escuchando sin tregua las desgracias de otros enfermos víctimas la mayoría de un golpe de muy mala suerte o, aún más terrible, aquejados de un proceso degenerativo que raras veces tenía remedio: paciencia del santo Job. Ana se imaginaba que el santuario de Lourdes debía de ser un lugar parecido a aquél. Pero lo realmente insoportable era atravesar el mundo hasta llegar a aquella unidad de fisioterapia en los sótanos del hospital. Así que no fue más. Practicó por su cuenta, en excursiones al monte, subiendo despacito.

Un cuadro, como en Lourdes pero en la Residencia, eso fue lo que contó a sus padres: que no soportaba aquella lástima, tantos lisiados juntos. La realidad es que Ana tomó la decisión de no volver el día en que a una mujer, joven, que recuperaba una rodilla operada de menisco, le dio un ataque de histeria porque la tumbaron en la camilla de corrientes que ella acababa de dejar libre: ¿No ve que ha sudado?, a mí no me pone usted los mismos electrodos sin pasarlos antes por un autoclave. Les había faltado tiempo a los lisiados para saber por qué Ana estaba allí. Nadie había creído aquella historia de la anorexia mal curada que el internista le mandó contar con la complicidad del fisio.

A la mujer aquello le salió a bote pronto, del fondo del alma. Aparentemente, Ana no se inmutó, se iba acostumbrando a actuar como si no oyera, y no dijo nada, qué iba a decir. Acabó su serie de veinte levantamientos de polea y, como un alma ingrávida, se escurrió a los vestuarios y se cambió a toda prisa: Hasta mañana.

Nadie respondió, se cortaba el silencio en aquel sótano cuando Ana cerró la puerta.

Ya tenía un pretexto para no volver a mezclarse con el mundo de delante. Disfrutó minuciosamente la primavera que descollaba, leyó sin parar, escribió en su cuaderno, envió cartas y más cartas a su querida Amalia. La correspondencia a veces se cruzaba con ella en la vía del expreso Rías Altas, pero no importaba, porque Amalia no dejó de venir en todo el curso, en tren para llegar más descansada. Y por último se afanó en la búsqueda de Simón el niño perdido. A veces le parecía verlo, de soslayo, cruzando una vereda del monte, oculto detrás de un árbol o desvaneciéndose en un claro del bosque de castaños. En alguna ocasión pudo confundirlo con un destello de luz, pero otras, otras estuvo segura de haberlo tenido delante. Ella quería hablarle, saber si aún estaba molesto por haberle arrebatado los juguetes de su cofre de tesoros, y decirle que los había devuelto al lugar donde habían estado los últimos diez años; a buen recaudo enterrados bajo la mata del caracol y una maraña de zarzas. Se pondría contento.

Ana perdió la poca costumbre que tenía de hablar. Con su padre nunca le había hecho falta, su madre andaba insufrible, lamentando con la Eulalia, sólo la Eulalia la sufría; a su vez, la Eulalia y Numancio entendiéndose sin palabras, y a Jesús lo quería muda, ya no había por qué discutir: pasaba con él tardes de silencio y pena. Un día él le pidió que lo acompañara a recoger unas cosas que le quedaban en el Maigüei. Ana renqueó pero al final fue, en la lambreta verde botella que milagrosamente Jesús conservaba. En aquella escapada empezó a notar el vértigo que tiempo después la atormentaría: Jesús no corras, Jesús Jesús, la curva.

El Maigüei era un espectáculo sobrecogedor. Los colegas de Jesús y de Ana habían entrado reventando puertas y ventanas, se habían llevado las botellas que quedaban, los vasos todos rotos; habían descerrajado el jukebox, los singles dentellados como a mordiscos, desperdigados por el suelo; habían cagado encima de los cojines que no quisieron, pintaron con excremento en las paredes, frases del demonio; las cortinas rajadas a jirones, y era tal el hedor... Un enjambre de moscas verdes cebándose en las heces. Entonces, ¿qué querías recoger, Jesús? Dios, han vuelto a entrar, está aún peor que el otro día. ¿Y tú esperabas algo mejor de esta basca? Ana, cariño, quería recoger nuestra foto de la cocina. Se miraron, por qué tenía estas cosas la vida. Lloraron, abrazados como dos idiotas en medio de la desolación. Se besaron metiéndose uno dentro del otro hasta la boca del esófago, y de seguro los dos quisieron que todo terminara allí, en aquel instante preciso. Jesús la levantó del suelo como pudo y la llevó en brazos a la cocina, como una novia que nunca fuera. Allí colgaba la foto, ignorada por el saqueo: dieciocho por veinte, Anita embarazada, con una diadema de flores silvestres en el pelo, y Jesús, guapo guapo, como él había sido; sonreían, estrechándose fuerte los dos, frente al puerto de Caeiro, un día de mucho viento. Hicieron el amor entre la mierda, les dolió y les subió al cielo, se revolcaron por el suelo sin esquivar basuras ni cristales, fue la última vez que se quisieron, el cuerpo no les daba para más. Quedaron exhaustos y empapados, la vista al techo, cubiertos de la porquería, sobre el piso de cemento en la cocina.

Entonces a Ana le dio también por decir que lo tenía bien merecido, como asumiendo una culpa de nadie, impuesta sin querer por los otros: qué derecho tenía ella a dejar aquel recuerdo tan atroz a sus padres, que tanto la habían cuidado y consentido, y al resto de las personas que la querían, que no eran muchas pero sí muy grandes. Derecho, ninguno, razonaba; y empezó a entrarle un miedo terrible, no a la muerte, sino a la certeza de no poder asumirla con serenidad: los otros sufriendo aún más que ella, le desquiciaba. Leyó un par de libros publicados sobre aquello de morir con dignidad, memorias de simposiums organizados sobre la muerte, a propósito de la eutanasia y de enfermedades incurables que trajo el progreso. Decían que la suya viniera en avión, cien años de enfermedad en los monos africanos desembarcando escalerilla abajo de un reactor, los investigadores rompiendo el aislamiento, desafiando el curso de la naturaleza: una conjunción fatal. Y aquellos señores muy sabios diciendo que era imposible asumir de una manera digna el proceso de degeneración que a ella le esperaba. Y Ana, que lo temía, temblaba: le entraba una flojera en la carne y no podía pararla. Apretaba los dientes y callaba. Colgó del espejo de su habitación un fular indio muy largo, así su imagen se velaba en tonos violáceos y ya desteñidos. Pero todas las tardes, indefectible, a las cuatro menos cuarto, el anuncio de la muerte entraba por aquella puerta en tres dimensiones y caminando.

Después de la escapada y los excesos del Maigüei, Ana pasó unos días muy malos, y enseguida se notó en los CD4, los famosos jugadores de la sala de espera, que empezaron a bajar rápidos. El mismo día que le dieron los resultados de aquel análisis definitorio, que hicieron de sus temores un temblor físico, un frío helador, un tiritar sin poder cerrar la boca, Amalia llamó para decir que volvía ya, que dejaba los exámenes para septiembre o cuando fuera. Amalia sabía las cosas sin necesidad de partes médicos, desde aquella ciudad suya acartonada, un barrio a tiralíneas que cada día se le hacía más inhóspito. Y menos mal que vino.

Todo lo que se negaba a hablar con aquella psicóloga de la Unidad de Cuidados Paliativos, se lo contaba a Amalia a trompicones. Dieron paseos largos y lentos, por la falda del monte, hasta logró Amalia que Ana perdiera el tono cetrino de su piel, enclaustrada. Hablaban, Ana le decía que veía la muerte como un espejo grande donde se contempla toda la vida, que no le asustaba, que ella siempre se había mirado en ese espejo: ¿Te imaginas que todo fuera eterno?, nunca descansaríamos. Y le pedía que no dejara solos a sus padres en el trance, que tenía que ayudarles: ¿Has visto qué viejo está mi padre?, parece otro, no habla con nadie, dos sílabas a la mañana y a la tarde con Numancio, otro que tal; ni va por el Avenida, ni pasea por el muelle, esta primavera ni siquiera ha ido al río a pescar. Claro que voy a ayudarles Ana, pero tú no pienses en eso. Amalia callaba, qué más iba a decir. Y la otra seguía, Yo creo que a mi madre le irá mejor, porque ella enloquece y todo lo echa para afuera, y así las cosas curan. Mal pronóstico tenía todo aquello.

Ana hablándole y ella, con la mirada clavada en su palma izquierda: le vio la primera mancha, la palma entera abultada y enrojecida. También notó que arrastraba los pies al caminar: Ana, si te cansas me lo dices, a lo mejor esta cuesta es muy empinada. Es la cuesta que más veces he subido en mi vida, y si ahora resulta que es empinada, me aguanto, porque quiero llegar arriba. Le flojeaban las fuerzas del cuerpo, pero la cabeza le iba a mil revoluciones todavía.

Pidió permiso al padre para ir a hablar con el médico y saber a qué atenerse, cuál era con exactitud el estado de Ana. No le dijo aquel médico nada que ella no supiera: que era imprevisible, que el último mes las defensas habían bajado de forma alarmante, que parecía no reaccionar bien al AZT y que a partir de aquel momento podía suceder cualquier cosa, un desenlace rápido o una prolongación lenta del impasse. Lo mismo que hasta entonces, que la esperanza de vida era de cero a siete años, siempre lo mismo.

Las conversaciones con Amalia aliviaban el pesar de Ana y la arrancaban del encerramiento sobre su propia columna vertebral. Fueron un balón de oxígeno que no duró mucho porque el oxígeno se respira, se quema y se vuelve anhídrido. Y a los quince días sucedió lo que nadie quería: Ana empezó a sentir un vértigo agudo y una debilidad que le bloqueaba las piernas, el bicho atacando fuerte.

¡Esto es el colmo!, pero vamos, el colmo, lo nunca visto —la señora Aurora llegaba de la calle hecha un ba-

175

silisco. Era poco antes de la hora de comer, había salido a media mañana a su cita de los jueves con don Aniceto. Todos los jueves iba a la iglesia, iba ya para siete meses de las charlas con el cura. Después de una larga confesión con todo el rigor y apercibimiento, el cura párroco y Aurora se sentaban en los bancos de la sacristía. Ella le contaba sus temores y angustias, y él repasaba: Esto es un valle de lágrimas, y quien más llore mejor sitio tendrá en el mundo verdadero: el más allá —esto último agravando el tono aún. Apaciguaba también sus miedos infernales hablándole de la piedad de Dios con los pobres que no alcanzan a ver en su divinidad.

La señora Aurora muy reconfortada. Tanto, que pronto olvidó las habladurías que corrían sobre la dudosa moral del párroco y sus contubernios con las muchachas que le cuidaban la casa: No es hombre para esas rapazas. Era su conclusión, y le daba por repetirla, sin que nadie le pidiera razón de su nueva relación con el párroco, siendo el párroco el mismo, a quien nunca había tenido en gran estima.

Pero aquella mañana don Aniceto no se había presentado a la cita. En balde había esperado doña Aurora media hora en los banquitos duros junto al confesionario, las posaderas ya adormecidas. Hasta que apareció el sacristán, un viejo jorobado que tenía grandes problemas *da fala*, o sea que era fuñaño, y peor dificultad para ser entendido: la mirada siempre en el suelo y la lengua tan crecida que no acertaba a articular. *Don Aniceto non veñe hoxe.* ¿Y eso?, ¿está enfermo? *Din que volou.* Y de ahí no arrancó al pobre Horacio: *Volou e volou.* Doña Aurora no entendía nada. Se acercó a la casa parroquial a ver qué llamado imperativo habría arrebatado al cura de su puesto, y sobre todo, a saber cuándo se le esperaba, porque a aquellas alturas de la semana le apretaba la angustia a la mujer.

Abrió la puerta una de las Ripas, la más joven, vestida de faena: Don Aniceto marchó ayer a la tarde, y dicen que también desapareció la nueva maestra de la escuela. ¡Deslenguada!, ¿no te paga bien el cura o qué? Aurora Baamonde corrió indignada a la ferretería. Si era verdad que algo semejante había ocurrido, el mejor relato lo escucharía en la de Benito.

Nadie los había visto salir, pero resultó, allí se dijo, de un extremo a otro del mostrador, que ni uno ni otro habían dormido en sus respectivas casas. Se encargaron de contarlo las muchachas del servicio, para más coincidencia, Ripas las dos. Y el coche de ella, un Seat cientoveintisiete color verde oliva matrícula de Burgos, había desaparecido del galpón de la escuela. En la casa del cura quedaron todas sus cosas, pocas, sin contar con los libros. En la de ella, apenas sobrevivía el rastro de su existencia en un par de medias finas olvidadas en el tendal: estaba claro que se había ido, sin decir nada, con nocturnidad. Los niños sin maestra y el pueblo sin misas. Y la señora Aurora privada de su alivio espiritual, cuando más falta le hacía, ahora que hasta se había acostumbrado a soportar la halitosis del cura, vaya, que hasta le mejorara aquel aliento de caverna al padre. Recordó haberlo visto un par de veces sacando de su falchoca un pastillero de mentol: Mira tú por qué era —se repetía Aurora, víctima otra vez de su buena fe.

Vino un sustituto, un joven recién salido del seminario que llevaba escasas semanas ayudando a oficiar al cura de la parroquia vecina. El chico era guapo de cara, y las madres advirtieron a las hijas: Es el enviado de Dios, su carne no es de este mundo. A las hijas aquello les daba un no sé qué. Les entraba una temblor en la barriga, o sea, que les gustaba. Las jovencitas abarrotaron nerviosas los primeros bancos de la iglesia todas las tardes de sábado, nunca tal devoción se viera en aquel pueblo.

A la señora Aurora le dio apuro pedirle los favores al joven cura, y fue don Emilio quien le habló a Saturnino, él siempre prudente: Mi mujer tenía ahí unas charlas con don Aniceto, ya sabe, por lo de mi hija, la pobre, y las charlas le aliviaban mucho; y ella quería saber si usted podría, en fin, ya sabe. El cura Saturnino fue una inyección de vida para la señora Aurora. Cambió el valle de lágrimas por cosas de este mundo y el más allá, por la esperanza de un alma eterna en la Tierra. Y prometió ir a ver a Ana, sin sotana, sin misal, en vaqueros y camisa de pana, montado en la vieja vespa regalo de un tío carnal de Mondoñedo. La madre maravillada, temiendo al tiempo la reacción de su hija visitada por un cura. Le dijo que sí, que fuera cuanto antes.

Vino Saturnino a la casa de Baamonde, en vespa vieja, vaqueros y camisa de pana, y encontró a Ana en uno de sus peores días. Tenía una lucha con el vientre, que cada diez minutos le obligaba a salir corriendo al water. Hacía un par de semanas que sentía cada poco el reventón, y las idas y venidas le habían hecho perder al menos otros dos kilos, a ojo de buen cubero: la báscula desaparecida de su rincón en el cuarto de aseo, guardada dios sabe en qué altillo. Desde la noche anterior, aquella molestia se había convertido en un infierno. Se iba, literalmente se iba. La Eulalia le había preparado manzana rayada y agua de limón, y el médico, avisado, había añadido yogures: Y si ven que tal una tortilla francesa o jamón de york, si tiene ganas, no la fuercen, y que beba mucha agua. Las prisas del vientre le hicieron caer en la cuenta de lo lentos que se habían vuelto sus movimientos, lo torpe que andaba. Temía romperse en una de aquellas carreras al baño, rompería en mil astillas, como un armazón de huesos. Tal sensación tenía, por la debilidad, cada día más débil y más débil.

A medida que pasaban las horas y se sumaban las carreras y las fuerzas le menguaban, Ana sentía que a la próxima no llegaba. Y así fue, en una de esas cayó al suelo, y Amalia y la madre, como flancos que iban, sin tiempo a agarrarla. La escena fue un espanto: los esfínteres no aguantaron el golpe y se soltaron, y a ella se le soltaron las lágrimas y la angustia, lloró amargamente. Y mientras, Amalia metiéndola en el cuarto de baño como podía, a rastras casi. La sentó en el bidé, y la limpió luchando contra el ademán de Ana y su pudor aún: ¡Déjame, déjame!, revolviéndose. Ana no seas tonta, verás como mañana estás mejor; es una colitis, sólo eso. No era una colitis, era el sarcoma de Kaposi, que impide la retención de sustancias en los intestinos y acelera la motilidad, ella y Jesús con el mismo cuadro, el mismo síndrome, el mismo sarcoma, ella ya mucho peor. La dignidad de la muerte, vamos.

Y en eso se presenta el cura Saturnino, cuando ya Amalia había conseguido cambiarle de ropa y sosegarla, en espera de otra embestida. Don Emilio calmando con medias palabras la desesperación de su mujer, abajo en la sala, y de pronto el cura: Pase, pase, padreee e... ¿Habría de llamar padre a un cura tan joven, y él tan mayor, motorizado el cura, vestido como un rockero casi? Ay Saturnino —la madre, que ya le tenía confianza. Mal día para ver a Aniña, está mala, ¿sabe?, pero entre, entre y le sirvo un café —la madre repuesta al verlo. El cura tomó asiento y enseguida empezó la charla: Hay que estar sereno en los momentos difíciles, decía. Y, Templanza, mucha templanza. Y otras cosas que aliviaban a la señora Aurora y que a su marido no le traspasaron el pabellón del oído.

Subió el señor Emilio a ver si Ana mejoraba, y las encontró a las dos apacibles, las cabezas juntas, recostadas sobre los almohadones de la cama. Hablaban, él supuso que hablarían de poesía, porque la poesía se le antojaba algo etéreo, y como le parecía imposible que alguien articulara un pensamiento en aquella angustia... pues poesía. El nuevo chico de la iglesia ha venido a hacer una visita —le dijo a su hija. Quiere conocerte, qué le digo. ¿El nuevo chico de la iglesia? Y Amalia, muy rápida: Sí, mujer, el joven Saturnino, ese guapo que tiene revolucionadas a todas las niñas. Ah, pues si está bien que suba. Ya está de humor —pensó el padre. ¿Ves?, la poesía. Y gracias a eso conoció Ana a Saturnino.

El cura, aunque cura, no pudo disimular el rubor cuando entró en la habitación de Ana. Las dos chicas lo miraron de arriba abajo, más que mirarlo lo desnudaron, y ellas también se miraron y se sonrieron y a punto estuvieron de romper en risas. Porque no estaba mal el cura: a ver si aquello de los amoríos píos iba a convertirse en tradición del pueblo.

Bueno Ana, yo quería conocerte —el cura joven entrando en razón. Y saber cómo te encuentras, y también decirte que siempre que pueda ayudarte estaré encantado de hacerlo. Se había enterado Saturnino de que la chica enferma era muy dada a los libros, de modo que sacó a relucir sus dotes de hombre leído, aplicado en el seminario. Empataron de inmediato, sabio el cura, porque a Ana le faltó tiempo para examinarlo sobre ciertos escritores polémicos en la Iglesia, y él citándolos con una naturalidad… Diríase que el tal Saturnino fuera un cura de otra época: Saturnino el joven, con veintisiete años, angelito. El señor Emilio se esfumó de la habitación y Amalia hizo lo que pudo, disimulando que recogía el cuarto y bajaba las cosas a la cocina. Cuando el cura párroco marchó, a las dos les había parecido un tipo curioso, interesante. Amalia, te lo podías ligar, te iría bárbaro, imagínate qué golpe. Muy graciosa, Ana. No veo que tiene de malo follarse a un cura, a ver, si os gusta, digo, si os gustara probar. No, si por probar, ya sabes que lo que tú me pidas va a misa. Se rieron. La señora Aurora no cabía en sí de contenta: que Ana se hubiera entendido con el cura. Era la primera alegría que tenía desde un anochecer aciago que trajera a su hija de vuelta al pueblo el último mes de octubre.

El día siguiente, imprevisible, despuntó triste. Amalia se había quedado a dormir con Ana, por lo que sucediera, por lo que había sucedido a la tarde. Apenas habían dado unas cabezadas, sin conciliar un buen sueño, Ana inquieta, molesta, y Amalia vigilante. En la noche todavía sobrevino algún episodio intestinal, y a las ocho de la mañana, aunque rendidas al cansancio, se les hacía la boca agua pensando en el desayuno. Quisieron desayunar en la cocina, con la Eulalia y su olor madrugador a leche hervida, y así liberarse de aquella habitación y su atmósfera agobiante. Los intestinos parecían apaciguados, la última carrera sucediera hacía ya tres horas, de modo que Ana empezó a relamerse pensando en un tazón caliente. Apenas recordaba la sensación del hambre, la imaginaba más bien, y más que nada la deseaba: ¿Y podré tomar unas tostadas? Yo creo que sí, pero con compota en vez de mermelada y mantequilla. Vale. Se incorporó lentamente, puso los pies en el suelo y ya iba a erguirse y: Amalia, no puedo. ¿No puedes qué? —Amalia calzándose, buscando en el suelo su zapatilla: ¿no quieres compota? No, no, que no me tengo. ¿Qué dices? Que no me dan las fuerzas para levantarme, que se me doblan las piernas por la rodilla. A ver, mujer. Con un esfuerzo la levantó, pero se dio cuenta de que efectivamente Ana no se tenía en pie: el día pasado la habría dejado exangüe. Volvió a recostarla: Yo subo el desayuno y luego llamo al médico, a ver qué dice, tran... No terminó, no dijo tranquila, porque a Ana le irritaba que todos quisieran verla tan tranquila, se lo había dicho. Vuelvo enseguida, añadió sin más.

Bajó. Primero encargó el desayuno a la Eulalia, que terminaba de sorber sus sopas de leche y pan en el mostrador de la cocina: No te apures Eulalia, tú termina. *Caaa, no había de apurarme, ¿dis que quere compota no pan?, vou en baixo.* Y bajó torpe las escaleras a la despensa en el sótano frío, apoyando la mano izquierda en la pared, echando delante la derecha en cada escalón. Y Amalia, sigilosa como podía, se encaminó al teléfono, de puntas, los padres dormidos, el teléfono colgado en medio y medio del pasillo, siempre en penumbra. El número del doctor Casteleiro estaba escrito en un papel con trazos claros y grandes, de niño aplicado, del padre, sobre el listín de teléfonos: ¿A quién llamas? La señora Aurora había desarrollado un oído de tísica. Y Amalia en un brinco: Qué susto Aurora, al médico, no te preocupes, no es nada. Y al teléfono: ¿El doctor Casteleiro?, le llamo de la casa de Baamonde en Caeiro, soy Amalia Corvalán; mire, Ana se encuentra muy débil, no logra ponerse en pie, ¿hay algo que debamos hacer? Allí estaba el médico en poco más de media hora, le hizo un reconocimiento de rutina y dio su parecer: Suban las muletas que hay en el maletero de mi coche. Y a Ana: Tendrás que acostumbrarte a usarlas mientras estés tan débil. Dijo otras cosas, que no fueran a pensar que aquello era definitivo, qué va, que si lograban regular su intestino y que el estómago volviera a aceptar el alimento, aún podría recuperar fuerzas suficientes para caminar. Que mientras tanto debería repetir sobre la cama, sentada también en un sillón, algunos de los ejercicios que había aprendido en el fisioterapeuta: ¿Te acordarás? Para no dejar que los músculos se atrofiaran en demasía. Hala, y ahora tómate el desayuno, hasta la última tostada, guapísima. Pero ella no pudo, claro. Cayó en un mutismo aterrador y se negó a empuñar aquellas piernas metálicas hasta que reventó de ganas de ir al retrete. Y aún así hubo que llevarla medio en volandas porque no apoyaba en la muleta.

El padre acompañó al médico hasta la puerta y atendió su parecer: que el proceso se estaba acelerando; procesos, fases, y ahora el proceso, un solo proceso. Habría que hacerle de nuevo las pruebas completas e intentar descubrir dónde fallaba la medicación. De momento, para evitar los traslados a la Residencia, él vendría a verla siempre que hiciera falta, y todos los lunes por la mañana le traería las medicinas. Aquel caso le tenía en vilo.

El médico iba con la cabeza gacha, arrancó el coche despacio, la mirada larga. Y el señor Emilio sospechó que no volvería a la sala de espera, antesala del infierno, acompañando a su hija aquellos lunes de mañana.

Le hicieron las pruebas, no fueron las últimas, pruebas y más pruebas, rosario de pruebas, hartura. Y las pruebas malditas revelaron un aumento llamativo de la carga viral. Al tiempo, las manchas horribles color escarlata empezaron a invadir su cuerpo, el pelo se le puso del color de los topos y la piel, áspera de reptil, con una ligera hinchazón, como si hubieran inflado una almohadilla en su epidermis. Anita no era un caso más, un número más a sumar en la enorme lista de víctimas de una generación entera que quedó sin alas, tan desorbitados fueron sus vuelos. Ana Baamonde Carral era el caso Zsub1, entre el dos por ciento de los infectados de VIH por vía parenteral, no homosexuales, que desarrollan el sarcoma de Kaposi: un linfoma fulminante. Los nódulos lo delataban, eran multiformes, en el centro oscuros y ligeramente azulados en el contorno. El primero había aparecido hacía ya un mes en la palma izquierda de su mano, a la vez que otras afecciones oportunistas, de tal forma que los médicos, ocupados en atajarlas, no hablaron de aquella lesión de la piel, y ella no preguntó, porque tampoco quería saber. Pero a los cinco días de la primera crisis intestinal, de vuelta en la Residencia a repetir la analítica, ya los nódulos se habían multiplicado como una viruela y subían desde las plantas de manos y pies hacia la parte superior de las extremidades. No dudaron en el diagnóstico, no dijeron nada. Escriba: Kaposi, a la enfermera. La esperanza de vida se inclinaba más hacia el cero, el siete quedó pendiente como ilusión que pudo ser, y nadie lo dijo.

La idea fue de la madre, no iba a estar la pobre Amalita atada de pies y manos a la pata de la cama: traerían a una enfermera para ayudar en las tareas más duras. Ana no dejaba que su madre la tocase, y cuando no quedaba otro remedio, porque no había nadie más, y la madre intentaba sostenerla: Apóyate en mi hombro —la madre agachada, esperando el peso, cogiéndola ya de la cintura. Se desataba en ella un chorro de furia y soltaba un alarido: ¡Déjame!, ¡vete de aquí, vete! Y aún gritaba: Puedo hacerlo yo sola. Hasta que caía, y todavía en el suelo bramaba: ¡Déjame! O se desfondaba en la cama, imposible moverla. Entonces empezaba a llorar como una niña pequeña, y la señora Aurora, claro, no tenía los nervios de acero ni mucho menos. Era una impotencia... Quedaban baldadas las dos.

El señor Emilio estuvo de acuerdo. Llamaron a una empresa privada de sanidad. Un error, porque mintieron, y la mentira entre cristianos se paga: contaron que la paciente sufría un proceso degenerativo, algo como una esclerosis múltiple o por el estilo, y que había que atenderla especialmente en el aseo diario y en sus necesidades más íntimas. Nada más: valiente mentira. Al día siguiente se presentó una mujer de mediana edad, buen aspecto y trato amable, aseada y dispuesta, que Ana aceptó con rabia: Esta tía me toca lo imprescindible. Pero aceptó: la bañaba, le ayudaba a vestirse y le alcanzaba las cosas necesarias. Se dejó, peor eran las peleas con la madre. Cuando Ana recibía a sus amigos, siempre por turnos, a las cuatro menos cuarto Jesús, y Amalia que llegaba a eso de las seis o las siete, entonces la enfermera bajaba con un fardo de revistas a la cocina, en espera siempre de una llamada desde lo alto de la escalera: Necesita ir al baño. O: ¿Podría subirle un yogur natural? Mientras, en la cocina, la sanitaria trataba en vano de sacarle información a la Eulalia, que pelaba patatas, desenvainaba guisantes o hacía *queiques* con la nata de las vacas; siempre había un quehacer en la cocina.

A buen puerto se abrigaba la enfermera, vaya, la enfermera lista. Nada, nada le sacó aquella lenguaraz a la buena de Eulalia: *Esta señorita ten moita gana de saber, caaa*, les decía a los señores, como advirtiendo. Para Eulalia, saber no siempre era bueno, casi nunca era bueno, y de ese axioma nadie la apeaba, empeñada en evitar a los otros el sufrimiento de conocer. Y la enfermera: Dígame sólo desde cuándo está así la muchacha. *Ay, iso depende.* ¿Y dicen que es una esclerosis? *¿E logo que iba a ser?* Pues no entiendo cómo está tan flaca si la esclerosis se trata con cortisona, y los enfermos inflan. *Eu de esas cousas non sei nada nadiña.* Tampoco entiendo por qué no dejan que me encargue de la medicación, si para eso estoy yo aquí. *Mire, vostede lea as revistas, que eu teño moito traballo e non podo atendela, virgen maría santísima.* Así zanjaba, cuando no la dejaba con la palabra en la boca, esfumándose de un portazo en el cuarto de la plancha o en el lavadero, porque soltaba una bilis, sólo de oírla, y de aguantarse y no mandarla a paseo, en su propia cocina, aquella intrusa. *Merda.*

La enfermera no insistió con la tata. Hizo sus cábalas y al quinto día se plantó en el cuarto de estar delante del señor Emilio: Su hija tiene sida, a mí no me engañan, y sepa además que su falsedad es muy grave: ¿usted sabía que en esta empresa no atendemos a infectados de VIH?, ¿usted sabe el riesgo que se corre?, ¿sabe que sus lesiones de la piel han empezado a ulcerarse, que pronto supurarán y sangrarán?, ¿usted sabe lo que eso contagia?; mire, yo tengo tres hijos y... Pues a mí sólo me queda uno —el señor Emilio simulando no inmutarse, sin levantar apenas la vista de su lectura, las gafas a medio colgar de la nariz. Haga el favor de salir inmediatamente de esta casa: su dinero lo recoge mañana en la empresa, muy agradecidos.

La tía se fue porque se sentía inútil, tenía complejo de médico, les pasa a veces a las asistentes, ¿te das cuenta, Ana? Cuando Amalia se enteró, esa misma tarde, primero le negó a Ana los hechos tal como habían sido. Después maldijo el mundo y convenció a los padres de no intentar repetir el percance con otra cándida enfermera metomentodo de para eso estoy yo aquí. Dejadme atenderla —les pidió—, yo también la quiero más que a nadie en este maldito mundo. ¿Y tu familia, Amalita? Mi familia, bien, Aurora: yo hablo de Ana. Ay, y qué van a decir en tu casa. Lo que a ella le importaba qué dijeran.

Amalia empezó a ir todas las mañanas temprano para darle el desayuno y después bañarla, era el momento más delicado del día. Ana le decía que sentía sus manos: Como caricias del alma, decía, que le aliviaban. Pasaban un rato largo en el baño, porque el agua relaja y contiene los latidos, y con ella así relajada recordaban. Hasta hubo una ligera mejoría, por el mejor estado de ánimo. Amalia rebuscaba todas las noches en su biblioteca familiar y cada mañana venía con un asunto diferente: poemas, relatos, una carta familiar desde La Habana, autores raros y olvidados. Se le ocurrió instalar un vídeo en la habitación, y le traía películas que rastreaba en los videoclubs de la comarca mientras duraba la visita de Jesús, que nunca faltó. Pero el asunto de los baños trascendió, llevado por dios sabe qué maldad, si era de la Ripa, de la Cagalleta o tal vez de la Saboya, que más gente allí no entraba; pero no era cuestión de indagar en tan delicado asunto.

Amalia desayunaba en la cocina de Castro, la mirada perdida en nada y la cabeza ida. Notó los ojos de la Pamelia clavados en su cara, atravesándola, la miraba con un gesto entre extraño e intrigado, con tanta insistencia que: ¿Tienes algo que decirme?, le preguntó por fin, molesta por salir de su aturdimiento. No, es lo que dicen en el pueblo. Vale, ¿y qué dicen?, a ver. Dicen que usted baña a la señorita Ana todos los días y que hay mucho cariño entre ustedes dos y que... Lo que faltaba.

La Pamelia soltó todo lo que llevaba dentro, que le abrasaba la lengua y le iba mal si no contaba. Y eso con sólo una pregunta, hasta que tuvo que callarla: Bien, ya está bien de historias, cuentos, Pamelia, la gente tiene muy mala fe, a ti te lo voy a explicar yo: ¿no recuerdas lo que dijeron cuando marchó tu marido? Y ella no dijo más, contuvo su rabia Amalia, con ganas le hubiera recordado la retahíla de insultos, que si era frígida y marimacho, que había espantado al Bituco, que el Bituco era muy bueno y había tenido que buscar consuelo en aquella pelandusca de Vigo, porque no vivía, que ella lo machacaba. Y Pamelia trabajando de sol a sol, y luego llegaba a casa y él burlándose, repantingado sin hacer nada. Ella fregando el piso de rodillas, en el Avenida después de recoger la cocina en Castro, que servía de asistenta, sufriendo a la vieja Magdalena que atronaba con sus gritos desde el office, amargando a todos los vivos, la vieja con la amargura de sus últimos días, aquejada de un cáncer, a falta de un pecho ya. La Pamelia tomó el relevo de Magdalena, pero ya no quiso quedar a dormir. Tampoco doña Amalia necesitaba a quien velara su soledad y sus alucinaciones nocturnas. Del Bituco nunca más se supo. Pero Pamelia no aprendía, era como esos relatores ambulantes de cuentos. Le hubiera ido bien en otras épocas, sin televisión, con la gente ávida de cuentos.

Los cuentos de las caricias venían de Benedicta Pereiro, confesó la Pamelia, nadie le había preguntado. La tal Benedicta, Bene, personaje de bolero, había vuelto sola de La Habana; iba para los veinticinco años ya desde su regreso. Se decía que allí dejara marido e hijo, pero que ella se negaba a vivir bajo un techo comunista. Nadie le pidió ni vio nunca su certificado de nupcias, para qué, no venía al caso. No obstante, las comadres del pueblo recelaban y decían con rentitín que del tal marido sólo conservaba ella una foto descolorida y de juventud, en el malecón habanero, eso sí, y muy apuesto el galán, también: Valiente prueba —decían. Benedicta habitaba la casa familiar, desaparecida la familia al completo, en la emigración y bajo tierra. Vivía en absoluta soledad, ni dama de compañía tenía, ni cocinera, nada, tan sólo Pepecho frecuentaba sus aposentos. Pepecho era el tonto del pueblo, criatura; bastante espabilado, pero con un síndrome de Down según dijeron en el Servicio de Saúde cuando el muchacho tenía ya veinticinco años y un físico de cuarenta o cincuenta por lo menos. Le hacía los recados, y confundía algún encargo, que era corriente verle en el estanco gritando por tres cajas de leche o similar; y al revés, en la tienda de comestibles pidiendo a gritos los partagás, porque ella vino fumando puros. Le arreglaba desperfectos de la casa, el tejado para el invierno, a punto siempre de caer y nunca caía y, verdad o no, le aliviaba las calenturas de soltera, según corría por ahí.

Los padres de Pepecho dejaban que hiciera, mejor no tenerlo todo el día enredando en la casa, o dando aquellos alaridos del infierno en la soledad de la cuadra donde dormía. De hecho, el muchacho había remozado con las atenciones a Benedicta, después de una infancia atroz encerrado entre aquellos muros de piedra empapada, berreando como un animal cada vez que los niños aporreaban la puerta de la casa: ¡Pepeeeeecho, Pepeeee-echo...!, para salir espantados al grito del averno que seguía a sus llamados. Así era el juego.

La señorita, o señora, según se mire, en cualquier caso Pereiro, nombre de soltera, se había interesado por el asunto: Qué atrocidad tener a un niño encerrado. Incluso se decía que lo ataban a la cama, y es verdad que sus músculos padecían un subdesarrollo notable. Y así fue que el niño se encariñó con ella, que se lo llevaba a la casa y le enseñaba las faenas, y lo aleccionaba para ir al correo y algún que otro menester y, cosas del tiempo y de aquel cariño, al parecer se lo hacían: el querer.

Que le vaya bien a la Benedicta con su idiota y que deje en paz a los demás, Pamelia: no quiero saber esas cosas, por Dios, cómo es posible tanta maldad. Le preocupaba que la entrometida de la Pamelia le fuera con los cuentos a la madre, que seguro ya había ido, como quien no quiere la cosa, dejándolo caer con el café a la hora de la merienda. Pues si encontrara a la madre en un rapto de lucidez, iba a inquietarla, encima. Pero doña Amalia hacía tiempo que se cuidaba de no mezclarse en cosas de este mundo. Mejor así, sobre todo después del desprecio que recibió de su marido en aquel último intento suyo por poner pie a tierra. Todo un fin de semana esperándolo, durmiendo casi sentada para no estropearse el peinado, y nada, ni la miró siquiera. Y a la séptima vez que ella hizo por meterse en su estrecho campo de visión, o sea entre ceja y ceja: ¿Pero quién te peinó así?, mujer, si pareces la Lupe en sus tiempos de cabaré. Qué despecho. Doña Amalia se cepilló el cardado con los restos de furia que arrambló en su cabeza, porque ya nunca más la iba a necesitar: aquello fue definitivamente su licencia para no volver a pisar el suelo ingrato de los mortales, pasaporte a la gloria, desde la Tierra.

El alivio de las aguas no duró mucho. Como aquella bruja había hecho saber, los nódulos se fueron hinchando, y luego estallaban, supuraban un líquido viscoso mezclado con sangre, y al secarse formaban unas pústulas feas. Aún así, lo peor iba por dentro, y estaba por llegar. Se repitieron además los episodios de diarrea, que la dejaban en un estado inánime, desnutrida, anémica. Sus ojos se perdían en una cuenca negruzca, que ella todavía se empeñaba en decorar, un detalle escabroso. Y Amalia en connivencia: Te he traído un quitaojeras de fábula, capaz de restaurar a Nefertiti, vamos a probarlo, hummm: bárbaro. La madre asomada a la escena, sin atreverse a cruzar el umbral, mascullando: ¿De dónde sacarán el ánimo estas dos? Minuto y medio y desaparecía, porque Ana no disimulaba su incomodo al verla: la lástima de su madre le exasperaba, era como una cadena fatal, madre e hija.

El doctor Casteleiro, en su visita de lunes, mandó otra vez repetir todas las pruebas: aquello se le iba de las manos, así estaba la ciencia. Pero él había de intentar lo mejor. Sabía Casteleiro que Ana estaba sufriendo y que no lo decía, y sabía también que los bulbos internos crecían y que el dolor pronto se haría insoportable. Fue él quien le habló de remedios paliativos para el dolor, nada que Ana no conociera, o sea opiáceos. Y antes de dar ningún paso nuevo, el médico quería saber cómo iban los índices virales y la línea de defensa.

Un número. Trajeron una silla de ruedas para desplazarla. La silla no cabía ni por asomo en el maletero del minúsculo Fiat de Amalia, y tampoco les pareció bien poner a Tucho el taxista por testigo. El doctor se prestó a llevarla él mismo, de camino a su trabajo, y arreglaría la vuelta para traerla en ambulancia: ¿En ambulancia? La señora Aurora ya veía la escena: las caras en el quicio de las ventanas, veladas por los visillos, y la Tona dándoselas de agraviada en lo alto de la calle, afectada en toda su enormidad, pero sin atreverse a bajar porque hacía ya un mes que ni hablaban. Mire, si no le importa le digo a Tucho que esté allí a media mañana con el taxi, ya sabe, la ambulancia le puede impresionar, a Ana. El médico calló, como si Ana fuera a impresionarse por una ambulancia, más serena que ninguno.

Allá fueron Casteleiro, el señor Emilio, Anita y Amalia, en el peugot blanco del médico. Y volvieron sin remedio en el chrysler metalizado de Tucho, a eso de la una. Al llegar, desplegaron la silla en la acera y la sentaron. El señor Emilio se dispuso a empujarla con premura, cuanto menos durara aquello, mejor, menudo trago, los vecinos todos mirando sin ser vistos. Pero ella al oído le dijo que la entrara despacio, que quería respirar el aire de la calle: Un minuto, le dijo, e inspiró hondo, reconociendo el olor profundo de aquella hora antes del almuerzo. Luego fue rozando con su mano el marco de la puerta, las paredes, como hacen los niños pequeños para sentirse dueños y espantar el miedo. También repasó la baranda de la escalera, su padre subiéndola en brazos, y aún antes la bola donde acababa el tobogán de sus juegos infantiles. Ana tuvo la certeza de que aquel tacto quedaría en su mano, para marchar con ella, a ningún sitio.

Pasaje a la nada

Amalia, me he quedado ciega. ¿Qué dices?, y le dieron ganas de decir: ¿Eres imbécil?, qué broma es ésta.
Que no veo, no veo nada más que una mancha blanca.
Amalia saltó de la cama y se arrodilló en el reposapiés a
la altura de la cabeza de Ana. No puede ser, a ver, abre
los ojos. Sus ojos parecían muertos, muy muertos. Hacía tiempo que perdieran el brillo, soterrados en aquellas cavidades profundas y oscuras, mas ahora les faltaban también las formas: sus córneas se expandían en el
iris blanco, las niñas se difundían en las córneas, incolo-
ras o grises. La incorporó en la cama: Abre bien los ojos,
Ana, ¿no será que los tienes empañados? No, no, Amalia, pero atiende, ahora distingo bultos, sí, veo, veo algo,
muy difuso, apenas manchas sobre esa mancha blanca.

Había ido perdiendo visión, y ella sin decirlo. Amalia se lo había notado, sobre todo por la lectura y el invento del vídeo en la habitación, pero al mismo doctor
Casteleiro le costó creer la voracidad de aquel virus. El
CMV le llamaban, un oportunista que venía a sumarse
al caballo galopante del VIH. Eso fue lo que dijo Casteleiro, que se presentó en la casa esa misma mañana alar-
mado por la madre. A la madre le tocaba esa mañana ir
de charla con el cura Saturnino, y fue por encima de to-

do, y después de la buena acción también el cura joven se acercó a la casa, a seguir siendo bueno. Así que la casa se llenó de gente, se organizó un caos… y Ana esforzando su templanza, entre aquel tumulto, y cuando ya no aguantó, levantó la voz, alterada y ciega: A ver, ¿de qué os asustáis?, a cada cosa nueva que me ocurre reaccionáis de nuevas como si no supiérais… Calló de golpe: ¿Cómo puedo hablarles así? Calló todo el día. Resistió, serena, aguantó los lamentos, la agitación, condolencias y trasiego por la casa, aguantó todo menos los llantos de la madre, que los oyó abajo. La imaginaba encogida sobre una silla junto a la piedra enfriada de la lareira, que la cocina de piedra ya no se encendía. Ella llorando y la Eulalia lamentando: *Que O Señor a leve pronto, caaa, miña rula.* Paciencia, Ana —le decía Amalia, maldiciendo en silencio, ella también, a la madre y a toda la patulea de llanto desatado, rendidas a su debilidad por un derecho femenino que nadie les diera.

Lo más sórdido se presentó a las siete. Era a última hora de la tarde, sin esperar ya visitas ni curas ni curanderos ni madres ofreciendo merienda, cuando Amalia y Ana buscaban el sosiego de alguna lectura o se distraían con aquella ocurrencia del vídeo. Tratando de olvidar, consiguiéndolo por instantes, aunque a Ana la atención no le daba para media hora seguida, molesta siempre: un nódulo escociendo, la úlcera sangrante, el intestino empujando, una cefalea. Bueno, y ahora qué, ahora me lees tú, yo no veo nada. Lo dijo sin alterarse, indolente. ¿Cómo hará para mantener ese espíritu?, Amalia no llegaba a entenderlo, porque no era resignación, era otra cosa: era paz. Claro que nadie sabía de sus andanzas de madrugada, y esa misma mañana había vuelto Simón. Ana no contaba esas cosas, a Amalia tampoco, cómo iba a imaginar lo que ella sabía de esas vueltas de la memoria, encuentros familiares. Imaginarlo de Amalia, que nunca desvelaba una fantasía, tan pragmática. Qué va —razonaba: Amalia acabaría con mis sueños. La una sin saber de la otra, de esas cosas no hablaban.

Entonces leyeron algo en voz alta, poco porque estaban cansadas. Poesía en portugués, que decían que la cadencia del portugués les sosegaba. Ana escuchando, y en su rostro una calma… ¿De dónde sacará las fuerzas?, Amalia leía en su rostro más que en el libro.

Al día siguiente hizo desaparecer el vídeo. Lo llevó sin hacer ruido con la bandeja del desayuno, y Ana que no veía. Luego a poquitos fue retirando cintas y cables, para ahorrar sufrimiento a otros. Escondió todo en un cuarto de trastos en el sótano, como si nunca hubiera estado allí: ¿Qué vídeo?, ¿qué dices? La madre tirando a dar, preguntando por el aparato. Bueno Aurora, ya está, lo guardé todo ordenado en el sótano, deja ya de llorar, por favor.

Esa mañana, aún Ana le pidió otro favor a la amiga: que con sus ojos cuidara de su aspecto físico. Y ella, para sus adentros: Ay mi madre, menos mal que no puede verse. Por la mañana me pintas y me peinas, y luego me retocas un poco después de comer, no quiero que Jesús me recuerde fea. Y Amalia, sin voz: O sea, que es por Jesús, Dios, con el aura de muerto que él mismo arrastra, que le cambian el jersey por un sudario e igual da. Amalia la acicalaría como a una princesa. Así que después del baño, la segunda mañana en blanco, le recogió el pelo en una trenza, poco pelo le quedaba: ¿Quieres que te coloque unas florecitas de tela en la goma? Sí, muy bien, tengo unas ahí de color naranja, o mejor ponme las malvas. Ahí ¿dónde? En la cómoda. La cómoda que ya no estaba allí, que la habían sacado al pasillo para meter la cama abatible donde dormía Amalia. Y ella: Sí, ya las veo. La pintó delicada con polvos mates y terracota, le cubrió las ojeras y las manchas enrojecidas, le perfiló los labios, despuntaban las primeras lesiones en la comisura de su boca. Como una princesa herida la dejó: Si vieras lo guapa que estás…, y se mordió la lengua. Amalia ¿qué dices? Y ella: ¿También oye menos? Y un poco más alto: Nada, nada. Quedaron en silencio.

Como si la ceguera le hubiera sentado bien. Con el ánimo sereno, la cabeza lúcida, esperaba que cualquier noche volviera Simón para contarle más de aquel lugar suyo: la quietud de la nada. Las cosas hubieran seguido así de no ser que empezaron con las perforaciones, como si a una ciudad vieja le horadan el suelo para hacer aparcamientos. No la dejaron en paz, de paz nada: agujeros. Y la cabeza de Ana a vueltas con aquello de la muerte digna que decían que… *Merda*. Todo empezó por unas aftas en la lengua y el cielo del paladar. No podía masticar, hasta los purés eran un suplicio, la boca le ardía, y le bajaban calenturas por el esófago al contacto del alimento. Y las cándidas proliferando, ya no comía nada. Entonces le pusieron un suero. La segunda perforación fue por vía urinaria, porque apenas sentía la vejiga ni las ganas. La sondaron, colgando el día y la noche esa especie de gaita plástica, que cuando se llena hay que vaciarla. Y la tercera, peor aún, fue para calmarle el dolor, que subía rampante. Los calmantes dejaron de calmarla, la atontaban, las dosis aumentadas hasta el límite tolerable. Y a medida que su vientre se hinchaba, le crecía un latido atronador a ambos lados del abdomen, bazo e hígado golpeando, endurecidos, a golpes con su cuerpo agotado. Los espasmos se prolongaban y la cara le quedaba blanca: rígida de un dolor que no soportó. Se agotaron sus esperanzas de volver a encontrar a Simón, porque si viniera, y la encontrara en un espasmo, clavada, inconsciente casi, ella ni cuenta se daría. Además no quería que Simón la viera así, que a lo mejor sufría, no sabía ella si en aquel estado de la nada cabía o no la mortificación, esa palabra que usaba Eulalia: tenían bastante los de aquí. Ana le pidió a Amalia que hablara con el doctor, que pusiera remedio a aquel padecimiento, la dignidad de la muerte, vamos, que el doctor ya le había sugerido algo para aliviar. Le hicieron la punción lumbar. El doctor Casteleiro trajo a un anestesista, ella encogida como un feto, y allí mismo le pincharon la médula, y le enchufaron la cánula plástica, colgando de la columna, sujeta con esparadrapos por toda la espalda arriba, conectada a una bomba dosificadora de morfina, afrontando Ana una decadencia irreversible de su facultad mental; de poco le servía ya.

La morfina la sumió en una laxitud conocida, pero a la cola también venían la ansiedad, la irritación: cualquier cosa podía irritarla. Ana la fuerte sucumbió al malestar de otra Ana, débil. Sus sueños negros, cortos y profundos, la hicieron presa de un miedo desconocido, su imaginación de una nada plácida se convirtió en una alucinación: monstruos la visitaban, animales terribles, manchas negras se sobreponían a la blancura que la cegaba. Sintió terror, ya no esperaba a Simón, y pidió por vez primera que alguien le ayudara a morir, se lo pidió a Amalia, sacudida en un temblor, haciendo acopio de sus restos de fuerza: ¿Cuánta morfina hay en ese cacharro, Amalia? Ella no la entendió, su voz era turbia, estertórea, y aquello que decía parecía un delirio. Amalia, que cuánta morfina hay en ese aparato, joder. Pues no lo sé, Ana, pero tú por eso no te preocupes, ya estoy yo pendiente y si se acaba llamo a… Habrá bastante, Amalia, sácala de ahí y pónmela toda, entre tú y Jesús me tenéis que ayudar, cuando él venga le dices que… Aaaagh, Ana, calla por Dios, duerme. Ana se deshizo en un llanto aterrador: Cómo voy a dormir Amalia, cómo voy a dormir; déjame acabar, no resisto más, Amalia, Amalia por favor. La señora Aurora había subido al oír las primeras voces fuertes y contemplaba la escena, aterrada, por un resquicio abierto de la puerta: No quiero morir Amalia, no quiero sentirlo. Amalia la abrazó y con la mano derecha empezó a bombear aquel aparato, que tenía un medidor, pero que también se accionaba manualmente con una especie de pera. La apretó una y otra vez hasta que Ana se le escurrió en el abrazo y cayó rendida en un sueño abisal. Entonces ella misma se asustó, le palpó el corazón, latía rápido, tuvo un ataque de pánico y salió corriendo en busca del padre. ¡Qué había hecho!, y si moría así. En la puerta se encontró de sopetón con la madre que lo había visto todo en silencio, la madre la apretó en sus brazos, y sujetó la cabeza de Amalia fuerte entre sus manos: ¿Murió? No, no, Aurora, respira. ¡Emilio!, ¡sube Emilio! El padre subiendo sin fuelle y la madre encerrándose con Amalia en su habitación:

Amalita no puedes más, esto es demasiado para todos, y te está tocando lo peor, tienes que descansar. La mujer haciendo acopio de valor, en el papel de fuerte en un abrir y cerrar de ojos. Aurora ¿qué le he hecho? Nada, Amalia, nada, vamos a llamar a Casteleiro. ¿Y qué le va a decir al médico?, ¿que yo le metí una sobredosis?, ¿qué le va a decir? No hizo falta decirle nada, lo llamaron, vino, la auscultó y diagnosticó un shock de morfina del que iría despertando lentamente. No quiso preguntar cómo había sucedido, dijo simplemente que tener aquel aparato en una casa particular entrañaba un riesgo alto, que él lo asumía, pero que necesitaba el respaldo de todos. Yo también lo haría —dijo, pero no olvidéis que aquí es delito ayudar a morir: estamos todos en el mismo barco.

Volvió el médico a la mañana siguiente, y Ana prácticamente en el mismo estado. Hasta que a última hora de la tarde sus restos de vida dieron una señal débil: Agua, quiero agua. Casteleiro aún pasaría otra vez por la casa, ya de noche, y dobló los miligramos de morfina en el dosificador automático. También les dijo que Ana ya no saldría de aquel abismo de inconsciencia a no ser que sucediera un milagro.

Hacía un par de días que no hablaba, tal vez no volviera a hablar nunca. O puede que aún abriera su boca para exhalar un quejido, a veces se quejaba, bajito, como en un quejido animal. Amalia observaba petrificada el movimiento de las sábanas, apenas perceptible, acompasado. Se movía algo en aquel lecho o parecía; sí, las sábanas se movían, cubriendo livianas su cuerpo rechumido: cuánto, qué poco pesaría, con una bola de aire en el centro mismo de la escasa existencia que le quedaba. Amalia las miraba, las sábanas, animándolas en su sube y baja apenas perceptible, acompasadas, pausadas: el último signo de vida; si aquello se paraba, se acabó. Amalia llevaba tiempo en la misma postura, quizá tres o cuatro horas, sentada en el taburete al borde de la cama, la espalda reclinada hacia delante. Y al principio sintió su propio peso en la nuca, pero después se dejó ir, sin querer, a ninguna parte, en blanco el pensamiento, anestesiada de tensión. Sólo cambiaba cada poco el sentido de las piernas, cruzadas las rodillas, amoratadas ahora una ahora la otra por la falta de riego. Tal vez ya no mirara, estaba ciega Amalia, tan ciega como Ana, la memoria larga.

Un ruido a sus espaldas la arrebató de su silencio. Era Jesús, claro, eran las cuatro menos cuarto. Amalia no quiso moverse de allí, así que le dijo algo: ¿Has leído las noticias? —por decir. ¿Qué noticias? Sobre la enfermedad, sobre qué va a ser. No, no quiero saber nada sobre la enfermedad, para qué. Dicen que han descubierto un mecanismo que bloquea la entrada del virus en las células, que es el principio de una vacuna. A buenas horas llega, que le den por el culo a la vacuna. Por qué le estaba contando aquello a Jesús: Soy imbécil —musitó.

Los médicos de la Residencia ya habían empezado a estudiar al joven Cainzos como *caso interesante*. Su evolución presentaba mejorías muy notables sin que nadie pudiese entenderlo, sin explicación alguna según lo investigado hasta la fecha. Caso interesante, decían. ¿De dónde sacaba aquel chico fuerzas para sobrevivir, vagando en un mundo ni de muertos ni de vivos? Y los médicos, al fin, clasificándolo en el grupo de pacientes sin progreso a largo plazo; es decir, algunos casos que no entendían, seropositivos que habían alcanzado en la fase inicial un nivel muy elevado de carga vírica, que remitía sin que a ciencia cierta se supiera cómo, o por qué ellos sí y otros, no. Hasta le decían al Cainzos que si dejara de intoxicarse podía conseguir que sus células se recompusieran, que quién sabía, igual hasta podía durar muchos años, cosas que tiene la vida. Y luego Jesús Cainzos vivió más que la mayoría entonces presente.

Al señor Emilio lo encontraron una mañana del mes de diciembre colgando de una soga, sujeta a una viga del techo en la cuadra vieja de Numancio, lugar muy seguro para una muerte silenciosa. El bueno de don Emilio, incapaz de superar la inversión del tiempo y el orden natural, viendo que su mujer enloquecía tras la muerte de Anita, debió considerar que ya no quedaba mucho motivo que lo atara a la tierra. Así que una tarde oscura, anochecer casi, atravesó el portón trasero de la casa cargado con una mochila que había sido de su hija. Sólo Eulalia en su perenne vigía lo vio salir, o lo imaginó, nublada la imagen del señor a través de los visillos de su ventana al patio; clausurada ella en su cuarto y en su pena enorme, rezando a todas horas a las divinidades de su altarcito, que tropezaban ya con los cirios y los exvotos en el exiguo espacio de aquella mesilla. Apenas salía la mujer para tener los pucheros cargados de caldo y un redondo de ternera, eterno, asado con patatas en todo su jugo.

Quedaba la señora Aurora en la casa, desvariando, como se había hecho costumbre. Rodeada de sus hermanas y alguna otra comadre rediviva al olor de la tragedia, a salvo ya del contagio: muerto el perro acabó la rabia. La muerte de Ana repobló el chaflán delantero y la mesa camilla, pero ya no fue posible arrancar una frase coherente a la madre desconsolada, ida. Le había dado por pintarse como una niña, por comportarse incluso como una niña, como trasuntando la personalidad de su hija perdida, y el recuerdo tal vez del niño Simón. Hablaba del niño como si hiciera tres días que se fuera de este mundo.

Era una delirio constante. El médico de cabecera la remitió al psiquiatra y éste la embutió a pastillas: para dormir, para la ansiedad, para la depresión, para calmarse, ahora para animarse. Ella se las tomaba sin ton ni son. Su discurso era un despropósito, y aquellas mujeres haciendo que la seguían en su desvarío, como si allí no pasara nada. Tenían asunto sobrado para comentar: Fatal, está fatal. ¿Viste cómo llevaba las uñas, pintadas de negro? Cómo no iba a verlo, mujer, saltaba a la vista.

El señor Emilio, impotente, sugirió al psiquiatra de oficio, que otro no conocía, que le hiciera un seguimiento serio a su mujer o que la internara o qué sabía él, pero que Aurora estaba muy mal y que aquellas pastillas aún la enloquecían más. Y el doctor de turno sólo decía que su mujer estaba bajo los efectos de un trauma psicológico, causado por la pérdida de una hija en la flor de su juventud. Que él no debía desesperar, que ya mejoraría, que el tratamiento que le había dado era el indicado en aquellos casos. Y yo qué, ¿yo no he perdido una hija en la flor de su juventud? No todos somos iguales, señor Emilio, debe usted ser fuerte señor Emilio. El señor Emilio estaba harto de hacerse el fuerte, qué sabía aquel médico de su debilidad, de la pesada pantalla que llevara toda la vida, que él no contaba a nadie de sus miedos y sus angustias. Así que se hartó, debió de hartarse.

Lo buscaron siguiendo la única pista, que era la visión nublada de la Eulalia entre oraciones y visillos, incierta hasta no saber si lo había soñado o visto. Y lo buscaron en el monte, claro, no sin temer lo peor, preparando el estómago para un susto. Lo buscaron lejos, que a nadie se le ocurre buscar un muerto debajo de la propia cama. Y no fue hasta las ocho de la mañana, poco antes de amanecer aciago el día, que un perro empezó a oliscar y a raspar nervioso la puerta de la cuadra vieja que ni hombres ni vacas transitaban desde hacía tiempo.

El portón estaba atrancado. Desde fuera no se podía atrancar el portón. El maderamen transversal que bloqueaba las hojas de la puerta se encontraba en la parte interior. La cuadra se cerraba en su día con el ganado dentro, y luego se salía por un pequeño vano en la pared de piedra que comunicaba al fondo con la cocina de Paca. Paca y Numancio se miraron, sin decir palabra, nunca se decían palabra alguna, pero con los ojos dieron sentencia: ninguno de los dos había atrancado la puerta por dentro. Esa puerta, al no haber ganado, las vacas en el galpón de ladrillo nuevo y cemento, quedaba siempre abierta, sólo echada, tumbadas las hojas por su peso y sujetas a un pequeño tope de hierro que sobresalía del suelo.

Emilio, abre Emilio —fue el marido de la Tona el primero en atreverse, interpretando el gesto de los vecinos, los vecinos hablando por señas. Aguardaron un minuto, sin respuesta, quién iba a responder. Y allá fueron en comitiva por el hueco de la cocina: Numancio, Juan el de Tona y Abelardo el dueño del Avenida, todos ellos hombres afines y debidos al señor Emilio. Bueno, y allí colgaba el bueno del señor Emilio, discreto, como siempre había sido, pendiendo del último tramo de una viga, sobre los abrevaderos secos que le habían servido para armar la soga y luego dejarse caer. La lengua negra y de fuera, y los pantalones mojados. Nadie gritó, no sería la primera vez que veían a un ahorcado, había muchos ahorcamientos en aquella zona, decían que era por los vientos cargados de bruma. Ellos mismos se hicieron cargo del cuerpo, y otros que habían quedado fuera llamaron al médico y al cura, que ya nada tenían que hacer más que certificar. Y las señoras atendieron a Aurora, que atiborrada de somníferos dormía: La despertamos. No, déjala. Pero ella despertó con el alboroto. No fue muy consciente de la pérdida del marido, y a los diez días, con el consentimiento de sus hermanas, tan cabales ellas con aquel sufrimiento, los médicos decidieron internarla en un sanatorio de enfermos mentales del que ya no saldría nunca la pobre Aurora.

La casa de Baamonde quedó al cuidado y gobierno de la Eulalia, que de aquel lugar sólo la sacaban con los pies por delante, ya lo había dicho. Y así sería, cuando el día le llegara; dueña y señora del tiempo que aún viviera, silente en su pena, muda, como Numancio. Ningún pariente vino a reclamar. Así quedaría la casa los años que Aurora cumpliera, demenciada y recluida.

A Jesús no le importaban las noticias ni los avances de aquellas investigaciones, no le importaba casi nada:

¿Tú crees que nos oye? No lo sé. Los médicos le llamaban coma vigil, y podía durar lo que el corazón o el riñón aguantaran, o hasta que el hígado o el bazo reventaran en una explosión tremenda: o sea, lo que el azar y el devenir caótico de las cosas quisieran. Ana se sentiría como en la arboleda, allí tendida, sumida en un sueño dulce, sumergida en el universo maravilloso de sus fantasías. Tan sólo aquella paz se rompía al cambiarle de pañales, empapados en sangre y excremento líquido. La operación se repetía varias veces al día, entonces ella emitía una especie de quejido bajito, era muy lastimoso. Hacía días que ya no la lavaban, para qué, y su cuerpo desprendía el olor acre de la acetona, como el olor de los recién nacidos, a placenta. Sí, tal vez oyera.

Sólo se escuchaba el mar, muriendo pesaroso en la playa, en una resaca de marea fuerte y viva. Amalia recorría con su memoria todo lo que había sucedido, sentía su soledad como una materia sólida: estaba llena de vacío. Caminaba por la arena mojada como si hubiera crecido tres palmos a lo alto, erguida; era una sensación curiosa, la empezó a notar el día que Ana los dejó. Y ella que crecía. Quedó en su soledad rodeada de pocas cosas, poca gente, apenas otros sonidos que aquellos del mar, el salto de algún pez o un pájaro impertinente graznando, voraces cormoranes y gaviotas. Y ella sintiéndose más viva que nunca. Sola. Ella y el olvido. Alzó la vista y a lo lejos distinguió a Jesús caminando por el malecón, iba como perdido, muy ido, imaginó que iría silbando, gordo como nunca lo había visto o no recordaba Amalia.

Dicen que los moribundos soportan la agonía hasta que el tiempo y las cosas les parecen en su sitio, y que entonces mueren tranquilos. Amalia se tumbó en su cama, pegada a su cuerpo y sin rozarla en cambio, que no le pesara. Y así besó sus labios. Ana abrió los ojos, inundados de blanco y de ternura: fue una décima de segundo y ya se había ido.